Les aventures de Simone

« La convalescence »

Roman policier

© 2023 Isabelle breau-crouzeau
Édition : BoD - Books on Demand, info@bod.fr
Impression : BoD – Books on Demand,
In de Tarpen 42, Norderstedt (Allemagne)
Impression à la demande
ISBN : 978-2-3225-0639-2
Dépôt légal : Novembre 2023

Chapitre 1

Simone était à son domicile lorsqu'elle a reçu un nouvel objet : un ordinateur. Elle n'avait jamais utilisé un ordinateur auparavant et avait des difficultés à s'en servir. Cependant, elle a décidé de se mettre à la nouvelle technologie pour passer à l'ère numérique. Malheureusement, elle ne savait pas comment l'utiliser. Elle attendait également Georgette, qui devait venir passer sa convalescence chez elle. Simone en avait marre de taper sur son clavier pour rien et décida de se lever pour regarder par la fenêtre et réfléchir. Elle se demandait comment se passerait la cohabitation avec Georgette.

Elle avait aménagé la chambre de son fils en bureau avec son nouvel ordinateur et la chambre d'amis pour elle. Elle avait fermé à clé, la chambre dans laquelle elle dormait avec son défunt mari Marcel, ne laissant plus grand choix pour accueillir son amie. Émilien et Archibald arrivaient tous les deux en même temps que l'ambulance qui amené Georgette chez Simone. Ils voulaient vérifier que tout allait bien et que tout avait été mis en place pour l'accueillir.

« Bonjhourte[1] maman, bonjhourte Simone » dirent Archibald et Emilien venus rendre visite à Simone et l'aider à accueillir Georgette.

« Vous êtes venus vérifier si les conditions étaient réunis pour la venue de Georgette, n'est-ce pas ? » demanda Simone.

« C'est exact ! » répondirent tous les 2.

« La confiance règne ! » dit Simone.

« L'ambulance est arrivée maman et ils sont en train de sortir Georgette sur un brancard. Tu peux peut-être sortir de la maison, leur parler et accueillir Georgette. »

« Ça va ! J'y vais ! » dit Simone en sortant de chez elle, les épaules affaissées et le visage marqué par la tristesse.

[1] Bonjhourte : Bonjour

Elle avait l'air abattue et semblait porter le poids du monde sur ses épaules. Elle marmonnait des mots incompréhensibles entre ses dents, comme si elle était en train de se plaindre de quelque chose. Elle marchait lentement, comme si chaque pas était un effort immense.

« Bonjour messieurs. Suivez-moi, je vais vous dire où vous pouvez l'installer ? » expliqua Simone.

« Bonjhourte Simone, va tout beun à neu[2] ? Je suis trop contente de venir m'installer chez toi pendant quelques jours » dit Georgette.

« Pas moi ! Et on ne m'a pas trop donné le choix ! » répondit Simone.

« Oh, mais t'en as pas marre d'être ronchon tout le temps ? » demanda Georgette.

« Vous pouvez la mettre dans la grange là-bas messieurs » dit Simone en leur indiquant avec son doigt.

« Quoi ? C'est une blague ? » s'exclama Émilien qui était sorti. « Maman, qu'est-ce qui te prends ? »

« Je n'ai pas de place dans la maison. J'ai tout installé dans la grange. Elle sera bien ! Il ne fait pas trop froid en cette saison ! » répondit Simone.

[2]Va tout beun à neu : comment vas-tu

Les 2 ambulanciers restèrent inertes et se sentaient gêné de voir cette situation.

« Mais ça va pas ! Tu as 3 chambres dans cette maison ? » dit Emilien.

« Ah non, plus maintenant ! Ta chambre est devenue un bureau pour ma nouvelle machine, un ordinateur. Je dors dans la chambre d'amis et celle de ton père où je dormais avec lui est fermait à clé définitivement depuis son décès » répondit Simone.

« Depuis le décès de papa, tu as fermé la chambre où vous dormiez ensemble ? Mais la semaine dernière, tu dormais encore dedans ! » répondit Emilien.

« Je l'ai fermée depuis la semaine dernière et c'est mon droit ! »

« Tu m'exaspère maman ! Tu vas dormir dans ta chambre et Georgette va aller dans la chambre d'amis. Et ce n'est pas un conseil, c'est un ordre ! cria Emilien.

« Très bien ! Je ne suis plus chez moi ici ! Messieurs, avancez, je vais vous diriger » dit Simone.

Simone conduisit les ambulanciers jusqu'à la chambre d'amis, où elle leur indiqua de déposer Georgette sur le lit.

Elle fit semblant de sourire et de se montrer accueillante, mais au fond d'elle, elle était furieuse contre son fils et contre son amie. Elle n'avait aucune envie de partager sa maison avec Georgette. Elle préférait rester seule avec son ordinateur, qu'elle espérait apprendre à maîtriser un jour. Mais Simone ne comprenait rien à cet engin, qui lui semblait plus compliqué qu'une fusée. Elle avait essayé de suivre les instructions du manuel, mais elle se perdait dans les termes techniques et les icônes incompréhensibles. Les deux ambulanciers transportèrent Georgette sur un brancard à travers la cour, puis entrèrent dans la maison. Ils passèrent par la cuisine, où les casseroles et les poêles étaient rangées soigneusement sur les étagères. Le sol en carrelage blanc brillait sous les lumières vives. Ils traversèrent ensuite le salon, où un canapé en cuir noir était placé contre le mur. Une table basse en bois foncé était au centre de la pièce, avec un vase de fleurs fraîches posé dessus. Enfin, ils arrivèrent dans la chambre d'amis, où un lit double était recouvert d'une couette en duvet blanc. Des rideaux en dentelle blanche encadraient la fenêtre, laissant entrer une douce lumière naturelle. Simone revint dans la cuisine, où elle retrouva Émilien et Archibald, qui l'attendaient avec un air sévère.

Ils lui firent la morale sur son comportement envers Georgette, qu'ils trouvaient inacceptable et irrespectueux. Ils lui rappelèrent que Georgette était une amie de longue date, qu'elle avait besoin de repos et de soutien après son opération, et qu'elle n'avait nulle part où aller. Ils lui demandèrent de faire un effort pour l'accueillir dignement et pour lui tenir compagnie. Ils lui dirent aussi qu'ils passeraient la voir régulièrement pour s'assurer que tout se passait bien. Simone écouta leurs reproches sans broncher, mais elle n'en pensait pas moins. Elle se sentait envahie et étouffée par ces gens qui voulaient décider à sa place de ce qu'elle devait faire de sa vie.

« Simone, tu n'exagères pas un peu ? » demanda Archibald.

« Ce n'est pas toi qui va vivre ici avec cette thiau femelle » répondit Simone.

« Arrête ton cirque Simone ! C'est ton amie. Règle tes comptes avec elle et cesse ton cinéma ! » dit Archibald.

« Voilà Madame. Nous l'avons installés » déclarent les deux ambulanciers au loin.

Dans la chambre où étaient installés Georgette. À côté d'elle se trouvait une table de chevet où elle pouvait poser son traitement médicamenteux et son ordonnance.

Une armoire était également présente pour ranger ses vêtements. Une petite commode se trouvait dans la pièce, où des photos de Marcel et d'Emilien étaient disposées.

Les deux jambes de Georgette étaient plâtrées, ce qui l'empêchait de sortir seule de son lit. Elle était encore groggy et souffrait de douleurs musculaires. Elle devait rester chez Simone pendant 10 jours, avec un kiné et le médecin qui devaient passer tous les deux jours et une infirmière tous les jours afin de lui prodiguer les soins nécessaires.

Les deux ambulanciers quittèrent la chambre, laissant Georgette seule avec Émilien qui s'était déplacé auprès d'elle. Ce dernier la rassura en lui disant que tout allait bien se passer et que sa mère s'occuperait d'elle. Il quitta la chambre en laissant la porte entrouverte et lui dit que si elle avait besoin de quoi que ce soit, elle n'avait qu'à crier Simone et elle viendrait à son chevet. Émilien rejoignit sa mère et Archibald dans la cuisine pendant que les deux ambulanciers repartaient.

« Tu ferais mieux de t'occuper correctement de Georgette et de ne pas lui faire de mal ! » prévient Émilien à sa mère.

« Mais pour qui tu me prends, un bourreau ! » répondit Simone.

« Pour quelqu'un qui a voulu mettre Georgette dans la grange ! C'est immonde de la part d'une amie » répliqua Émilien.

« Ah, mais ce n'est pas moi qui ai voulu l'accueillir. On m'a forcé ! Personne ne m'a demandé si j'avais de la place et si je pouvais m'en occuper. On me l'a imposé ! » expliqua Simone.

« Maman, arrête tes jérémiades, il y en a marre ! Je dois te laisser. Il y a une série de cambriolages en ce moment dans le département. Nous avons eu un tuyau et ce soir nous devons attraper les cambrioleurs en flagrant délit. Nous sommes aidés par la gendarmerie donc grosse embuscade ce soir. Je te demande de ne pas faire de vagues » dit Émilien.

« Mais je ne compte pas en faire. J'ai une nouvelle machine, un ordinateur. Et je compte bien m'occuper. Sois prudent, je n'ai qu'un seul fils et je n'aimerais pas qu'il t'arrive quelque chose » répliqua Simone.

« Bien sûr que je vais faire attention. Et depuis quand t'es-tu mise à l'ordinateur ? » demanda Émilien.

« Tu m'as dit de m'occuper. Je suis jeune dans ma tête et j'ai envie de me mettre à la nouvelle technologie » répondit Simone.

Et qu'est-ce que tu vas faire avec ? Du traitement de texte ? » demanda Émilien.

« Je vais faire de mon mieux. Mais il me faut d'abord apprivoiser la bête ! Et ce n'est pas une mince affaire » conclut Simone. Émilien la quitta et Simone resta avec Archibald.

« Simone, je sais que tu es inquiète, entre Georgette et ce qu'Émilien vient de te confier, mais je suis persuadé que tout ira bien. Si tu as besoin d'un coup de main, appelle-moi sans hésiter, d'accord ? » dit Archibald.

« Oui, Archibald, merci. Bon, il est temps que je m'occupe du repas » répondit Simone.

« Je te laisse. Je repasserai demain pour prendre de vos nouvelles » dit Archibald.

Chapitre 2

Simone avait choisi de préparer un savoureux pot-au-feu pour le dîner. Elle avait mis de la musique à fond pour ne pas entendre Georgette qui réclamait un livre à ce moment-là. Georgette l'appela donc, mais Simone fit la sourde oreille. Quand la musique s'arrêta, Simone apporta à Georgette une soupe d'orties.

« Tiens ! Voilà ta pitance ! » dit Simone.

« Quelle merveille, une soupe d'ortrijhes[3] ! » s'écria Georgette, « quel délice ! Aurais-tu des sans-sels à partager, s'il te plaît ? »

« Hélas, je n'ai pas pu aller à la boulangerie aneut[4] » répliqua Simone.

---

[3] Ortrijhes : orties
[4] Aneut : aujourd'hui

« Et après la soupe, quel régal nous attends ? »

« Je crains de te décevoir la Georgette, mais il n'y a rien d'autre au menu. Ce soir, nous nous contenterons de la soupe. Tu dîneras dans ta chambre et moi dans ma cuisine ! »

« C'est bien maigre comme repas. Ce n'est pas très nourrissant tout ça ? » se soucia Georgette.

« Je n'avais que ça sous la main ! Tu sais, je me contente souvent de la soupe. Ça me guedé[5] largement. Je t'ai servi un verre d'eau avec. Je ne t'offre pas un petit verre de vin, tu es sous médication ! Ce serait très risqué. Je ne voudrais pas qu'on pense que j'ai voulu t'empoisonner » justifia Simone.

« Pourrais-tu me prêter un livre ? Car je n'ai pas la télévision dans la chambre. »

« Je n'ai aucun livre à te prêter. Je n'ai que le programme télé, tiens, je te le passe. Tu devrais songer à t'offrir des revues de jeux de lettres » proposa Simone.

« C'est une bonne idée Simone, tu pourrais m'en prendre une demain ? » suggéra Georgette.

« Tu as de quoi payer ? Tu ne crois quand même pas que je vais avancer les frais pour toi ? »

[5]guedé : rassasié

Tu es déjà logée à l'œil et nourrie comme une reine » répliqua Simone.

« Oui, j'ai de l'argent dans mon sac, je vais t'en donner. Je ne te connaissais pas si radine, Simone. »

Simone se leva et se dirigea vers la porte. Elle lança un regard méprisant à Georgette qui avait l'air dépitée. Elle lui dit d'un ton sec :

« Bon appétit, ma vieille ! Et ne fais pas trop de bruit en mangeant ta soupe, tu vas réveiller les voisins ! »

Elle sortit de la chambre en claquant la porte et en riant sous cape. Georgette resta seule avec son bol d'orties et son verre d'eau. Elle soupira et se dit qu'elle aurait mieux fait de rester chez elle plutôt que de venir chez Simone. Simone s'installa à la table de sa cuisine, les yeux pétillants et le sourire gourmand. Elle avait l'air affamée et pressée de déguster son repas. Elle contempla son assiette avec appétit. Elle saisit sa fourchette et entama son plat avec délice, savourant chaque bouchée en pensant avec un rictus narquois à Georgette qui devait se contenter d'une soupe d'orties. Elle ferma les yeux et sourit encore.

Après avoir terminé son repas composé d'un beau morceau de viande, de chou, de carottes et de pommes de terre, Simone regagna sa chambre pour regarder paisiblement la télévision allongée. Avant cela, elle passa voir Georgette pour lui retirer son bol d'orties et son verre d'eau et lui demander d'éteindre la lumière car il était temps de dormir et que l'électricité était chère.

« Déjà l'heure du coucher, Simone ? Mais il n'est que huit heures du soir ! » s'exclama Georgette.

« Eh oui, c'est comme ça chez moi la Georgette ! Et je te prie de t'y conformer. Tu éteins la lumière et tu fais dodo. Tu n'as pas oublié tes médicaments, au moins ? »

« Non, je les ai avalées avec le verre d'eau que tu m'as apporté. »

« Parfait, alors dors bien ! » lança Simone en claquant la porte et en rejoignant sa chambre.

Emilien et Anne avaient rejoint les trois gendarmes pour surprendre des voleurs en pleine action. Mais quand ils sont arrivés sur les lieux indiqués par leur informateur, les malfrats s'étaient déjà envolés. Ils avaient abandonné quelques cartons remplis de cassettes VHS et de téléviseurs, qui gisaient sur le sol.

Tout était en miettes et le reste avait disparu. Emilien était hors de lui et ne comprenait pas comment les voleurs avaient pu flairer le piège ! Il se tourna vers Anne et lui murmura :

« Je crois qu'on a une taupe ! »

« Une taupe, un flic ripou, tu délires ? Une chose est sûre, ce n'est pas moi ! » répliqua Anne.

« Je sais bien que ce n'est pas toi. Pour moi, c'est l'un des trois gendarmes. L'un d'eux doit avertir les cambrioleurs de notre venue. Sinon, comment auraient-ils pu filer avant ? »

« Je suis de ton avis. Il y a quelque chose qui cloche. Ils ont tout laissé tomber, ils n'ont même pas emporté tous les cartons. On dirait qu'ils sont partis en catastrophe. C'est bien que quelqu'un les a informés. »

Emilien vit un gendarme s'approcher de lui.

« Nous sommes arrivés trop tard ! » soupira-t-il.

« Christian, tu crois pas qu'on nous a grillés ? »

« Quoi, tu insinues qu'il y a une taupe parmi nous ? » répliqua Christian.

« Je n'insinue rien, je trouve ça louche, c'est tout ! »

« Ecoute-moi bien ! Franck et Sébastien, je les connais depuis longtemps. Ce sont des gendarmes irréprochables et mes potes. Jamais ils ne trahiraient leur métier. Et toi, tu es blanc comme neige peut-être ? Ou ta collègue, Anne ? »

« Oh, ça va ! C'est moi qui dirige l'enquête, tu pourrais me faire confiance. Et Anne, c'est une battante et une flic honnête. Je te fais confiance, Christian. Mais tu dois reconnaître que ce n'est pas normal, tout ça ? »

« Je te l'accorde, c'est bizarre ! Mais ni moi, ni Sébastien, ni Franck ne sommes coupables. Et si ce n'est pas toi ou Anne, alors qui ? »

« Allons-nous-en, on a plus rien à faire ici. On verra ça demain » dit Emilien.

Les trois gendarmes regagnèrent leur voiture et Emilien repartit avec Anne.

« Quels sont tes projets, Émilien ? » interrogea Anne.

« Je n'en ai aucune idée. J'ai la certitude qu'un traître se cache parmi nous. Je vais méditer là-dessus ce soir. Et on en discute demain » répliqua Emilien en déposant Anne chez elle.

Le lendemain matin, Simone ouvrit les yeux. Le kiné et l'infirmière devaient arriver. Simone avait donné des consignes à tout personnel soignant qui venait de se rendre directement auprès de Georgette sans passer par elle. Elle se rendit dans la cuisine pour prendre son petit déjeuner quand elle entendit Georgette l'appeler.

« Simmmooonneeee ! »

Simone feignait de mal entendre. Elle se servait un café, un croissant, du miel, un yaourt et une orange.

« Simooooooneeeee ! »

Agacée par les cris de Georgette qui l'appelait sans cesse, Simone finit par se diriger vers la chambre où elle se trouvait.

« Tu n'as pas finie d'hurler ? »

« Je souhaite prendre mes remèdes et savourer un bon petit-déjeuner. J'aimerais me délecter d'un café corsé accompagné de biscuits croustillants et peut-être de tartines beurrées. »

« Rien que ça ! Mais tu te prends pour une princesse ici ? Pour l'eau, c'est faisable. Pour le café, c'est raté : il n'y en a plus.

Je n'ai pas fait le tour des boulangeries ce matin pour le pain, le beurre je n'en veux plus, trop gras et je ne tolère plus de biscuits chez moi, ils sont trop sucrés. »

« Qu'as-tu dégusté alors ce matin ? »

Comme tous les matins, je mange une soupe qui me rassasie toute la matinée et qui est riche en vitamines. En plus, cela coûte beaucoup moins cher que les biscuits gavés de sucre. »

« Alors tu vas me servir une soupe pour le petit-déjeuner de ce matin ? »

« Ah, mais seulement si tu en as envie ! Sinon, tu n'auras qu'un verre d'eau. »

« Simone, est-ce que tu plaisantes ? Tu veux que je crève de faim ? »

« J'ai passé un week-end à l'école catholique quand ma cousine Edith m'a invitée. Je n'ai presque rien avalé car les femmes là-bas mangent très peu et consomment beaucoup de soupe. Mais elles ne sont pas mortes pour autant, bien au contraire ! Si tu n'es pas contente des repas que je te propose, appelle Jules ou quelqu'un d'autre et va te rétablir ailleurs. »

« Si je te donne de l'argent pour acheter du café, du pain, du beurre, et des biscuits, est-ce que tu les achèterais ? »

« Je me le suis interdit ! Alors pourquoi voudrais-tu que je le fasse pour toi ? J'ai mes principes ici ! Si cela ne te convient pas, tu peux partir. »

« Non merci ! Je vais prendre une soupe et un verre d'eau. »

« Je te rapporte ça ! »

Simone soupira et se dirigea vers la cuisine pour préparer la soupe pour Georgette. Elle réchauffa la soupe d'orties qu'elle avait préparé la veille et en versa un bol pour Georgette, qu'elle accompagna d'un verre d'eau. Elle n'avait pas le cœur à la laisser mourir de faim, même si elle la trouvait insupportable. Elle revint avec un bol fumant et le posa sur la table de chevet.

« Tiens, voilà ta soupe ! »

« Encore cette soupe ! C'est la même qu'hier ! » s'exclama Georgette.

« J'ai fait une grande marmite, il ne faut pas gavagner[6] chez moi ! Mais ne te force pas ! »

---

[6]Gavagner : gaspiller

« Merci, Simone ! Tu sais, je ne suis pas si difficile que ça. Je voudrais juste un peu de variété dans mon alimentation. »

« Oui, oui, c'est ça ! Profite bien de ta soupe ! Et ne me dérange pas pour un oui ou pour un non ! Le kiné et l'infirmière ne vont pas tarder à arriver. »

Simone sortit de la chambre en claquant la porte. Georgette regarda sa soupe avec dégoût et se dit qu'elle aurait préféré un café et des biscuits. Elle se demanda comment elle allait supporter encore longtemps cette cohabitation forcée avec Simone. Elle se sentit soudain très seule et triste. Elle prit une cuillère de soupe et la porta à sa bouche sans enthousiasme. Simone s'installa à sa table en bois de cuisine, baignée par les rayons du soleil matinal. Elle sourit doucement en portant à ses lèvres une gorgée de café chaud. Elle se moquait intérieurement de Georgette qui devait se contenter d'une soupe fade. Elle tartina de miel doré sa tranche de pain beurré et la trempa dans son yaourt onctueux. Elle ferma les yeux et savoura chaque bouchée, appréciant la douceur du miel et le moelleux du pain. Après son petit déjeuner, elle se rendit dans la pièce où se trouvait son ordinateur pour se détendre en tapant sur le clavier.

« Simmoonneeeee ! » l'appela Georgette.

« Qu'est-ce qu'elle me casse les pieds celle-là ! » grommela Simone.

Elle se leva de sa chaise et se dirigea vers la chambre de Georgette, qui l'appelait depuis un moment. « Vieille bique ! Qu'est-ce que tu me veux encore ? » lança-t-elle en ouvrant la porte avec brusquerie.

« Simone, tu as l'air crispé. Peux-tu me donner un coup de main pour me lever, s'il te plaît, et m'emmener dans la salle de bain ? J'aimerais me sentir propre. »

« Je vais d'abord me doucher et je m'occuperai de toi ensuite. »

« Mais le kiné et l'infirmière vont bientôt arriver ! »

« Et alors ? Qu'importe que tu sois en pyjama, habillée, lavée ou pas lavée, ça ne change rien ! Tu patienteras et puis c'est tout ! Je ne suis pas à ta disposition. »

Simone avait décidé de prendre son temps. Sa salle de bain était contiguë à sa chambre. Elle avait choisi d'y rester après sa douche et regardait un peu la télévision. Quand la sonnette de la porte retentit, c'était l'infirmière. Elle entra dans la maison et appela Georgette car elle ignorait où aller.

Mais personne ne répondait. Elle répéta son appel une deuxième fois, mais toujours pas de réponse. Simone, qui entendait l'infirmière interpeller plusieurs fois Georgette, se décida à sortir de sa chambre.

« Bonjour, je suis Simone. Que se passe-t-il, madame ? »

« Je suis l'infirmière. J'ai tenté de joindre votre amie, mais elle reste silencieuse et je ne sais pas où elle se repose. »

« Je vais vous accompagner. » Simone et l'infirmière entrèrent dans la chambre de Georgette qui s'était endormie.

« Quelle surprise ! Il y a peu, elle était bien alerte. Je lui ai servi son petit déjeuner et je ne comprends pas ! Elle doit être épuisée, elle a peut-être mal dormi. »

« Ce n'est pas grave, je vais quand même lui faire sa piqûre. Et demain, je reviendrai lui prélever son sang. Laissons-la sommeiller » dit l'infirmière.

Elle sortit une seringue de sa trousse et injecta le médicament dans le bras de Georgette. Puis elle rangea son matériel et salua Simone.

La sonnette retentit une deuxième fois et c'était le kiné. Simone se dirigea vers la porte et lui apprit que Georgette dormait profondément et qu'il pouvait donc lui dispenser les soins. Il décida de repartir en précisant qu'il reviendrait demain.

La sonnette retentit une troisième fois et c'était Emilien.

« Salut maman, comment te portes-tu ? »

« À merveille et toi ? Quoi de neuf avec ces voleurs, tu les as coincés ? Comment s'est déroulée ta soirée ? »

« Pas comme je l'espérais, on n'a mis la main sur personne ! Puis-je aller voir Georgette ? »

« Si tu le souhaites, mais madame dort encore. »

« Elle n'a pas émergé depuis ce matin ? »

« Oh que si, elle a même pris son petit déjeuner. Elle s'est bien régalée, elle a bon appétit la Georgette ! Et puis elle s'est rendormie. L'infirmière est passée, elle l'a piquée. Quant au kiné, il n'a pas pu lui faire de soins, donc il est reparti aussi. »

« Et c'est normal ça ? »

« Eh bien, si elle est fatiguée, elle est fatiguée ! Que veux-tu que je te dise ! »

« Vous avez passé une bonne soirée hier ? Qu'avez-vous mangé ? » demanda Emilien.

« Plein de bonnes choses, la Georgette s'est bien fait plaisir ! Je ne la laisse pas mourir de faim. Et toi raconte alors ? »

« Nous sommes arrivés trop tard, mais nous finirons par les attraper tôt ou tard. »

« Tu veux un café, mon fils ? »

« Je veux bien, maman. Merci. »

La sonnette retentit. Cette fois-ci, c'était Archibald qui arrivait.

« Tu es venu vérifier si je n'ai pas assassiné Georgette pendant la nuit ? »

« Exactement, Simone. »

« Emilien est là. Nous prenons le café. Tu en veux un aussi ? »

« Avec plaisir ! Comment se porte Georgette ? »

« Et vous deux ! Ça vous coûterait trop cher de vous soucier de mon état ? Tout le monde ne parle que de Georgette ici et là. Mais emmenez-la avec vous si vous êtes si inquiets pour elle ! »

« Pardon Simone », dit Archibald, « tu sais bien que je me préoccupe toujours de toi aussi. Je voulais juste avoir des nouvelles de sa convalescence ! »

« Bien. Elle a déjeuné et elle s'est rendormie. L'infirmière lui a fait une injection et le kiné est reparti sans pouvoir la soigner. Et je te le dis, elle dort. Tu peux aller voir, elle respire ! »

« Bonjour Emilien. Tu as l'air abattu ce matin ? »

« Ouais. J'ai tenté de coincer hier une bande de voleurs dans le département. Encore une fois, je me suis fait berner. »

« Comment ça ? » lui demanda Archibald.

« La dernière fois que j'avais eu un renseignement, quand je suis arrivé, ils avaient déjà filé. Et là, j'ai encore eu un renseignement et quand je suis arrivé, ils avaient encore filé. »

« Et tu en conclus quoi ? »

« Il y a une taupe. »

« Anne ? »

« Non, pas Anne. Cependant, sur ce dossier, je collabore avec trois gendarmes et je suis persuadé qu'un d'entre eux divulgue des informations.

Merci maman pour le café, mais je dois partir. Je voulais voir Georgette. Transmets-lui mes salutations quand elle se réveillera, je repasserai plus tard. »

« D'accord mon fils. Sois prudent. »

Émilien embrassa sa mère. Salut Archibald et s'en alla.

« Alors Simone, raconte-moi tout sur cette soirée. Qu'avez-vous fait toutes les deux ? »

« Rien de spécial. J'ai mangé, pris ma douche et me suis couchée. Georgette a fait de même. »

« Pas de disputes ou d'insultes entre vous ? »

« Absolument pas. Je sais me comporter correctement. »

« Hmm… C'est étrange ! Bon, je suis venue vous saluer mais je dois aussi repartir, je ferai comme Emilien, je repasserai plus tard. »

« D'accord. Moi, je vais essayer de maîtriser mon ordinateur comme Georgette se repose dans le lit. Je ne vois pas d'ailleurs ce qu'elle pourrait faire d'autre. »

« Tu pourrais lui tenir compagnie, lui parler un peu, lui lire un livre. »

« Ah parce que tu crois que j'ai que ça à faire ? Déjà, je l'accueille gentiment chez moi, la nourris. Mais en plus de ça, il faudrait que je fasse la lecture. Non mais ça va pas !!! »

« Bon, allez, je te laisse. Passe mon bonjour à Georgette quand elle se réveillera. »

« C'est ça. On lui dira ! »

Archibald prit congé et Simone se dirigea vers la pièce où se trouvait son ordinateur. Elle l'alluma, mais malheureusement, elle ne savait toujours pas comment l'utiliser.

De son côté, Emilien se dirigea vers le commissariat de police. Il avait décidé de contacter la Direction générale de la sécurité intérieure (DGSI) pour les informer qu'il soupçonnait la présence d'une taupe. Il voulait que l'on lui envoie un agent comme il l'avait déjà demandé une première fois. Il prit son téléphone et contacta Paul, un supérieur de la DGSI.

« Bonjour Paul, c'est Emilien. Écoute, j'avais des doutes sur un gendarme corrompu. Je n'en ai plus, j'en suis sûr ! Une fois de plus, hier, mon indic m'a donné des informations et quand je suis arrivé, les cambrioleurs étaient déjà partis, laissant même des cartons par terre entre-ouverts.

Ils savaient qu'on arrivait. Je t'ai demandé un agent pour pouvoir justement l'infiltrer. Quand penses-tu m'en envoyer un ? »

« Emilien, ton agent est arrivé. Depuis une semaine, j'attendais juste de savoir si hier soir vous alliez arrêter les mecs, mais si là tu me dis que ça a encore échoué, c'est soit que tu es incompétent ! Soit comme tu le dis, il y a une brebis galeuse ! Et j'espère bien que tu as tort et qu'il ne s'agit juste d'un contretemps quand tu débarques ! Je vais te donner son nom. Il s'appelle Michel. C'est un jeune policier. Il est tout nouveau. Il sait pourquoi il est venu et connait sa mission. Je te demande d'en prendre soin et de le protéger. Il est jeune et tout nouveau, mais c'est un bon gars qui travaille bien et comme infiltré, il sera très bien. »

« Ok, merci Paul. Et où puis-je le trouver ? »

« C'est lui qui va venir à ton commissariat. Tu lui feras un topo et tu lui diras précisément ce que tu attends de lui. »

« Ok, merci. On se tient au courant. »

Il raccrocha et se tourna vers Anne, sa collègue qui était présente dans son bureau :

« Alors ? » interrogea Anne.

« C'est bon, on nous envoie un bleu. Je vais le briefer. Et crois-moi, je vais démasquer celui qui nous trahit. »

« As-tu une idée de la manière dont tu vas procéder ? »

« Oui. Organisez un repas pour le présenter. Nous observerons la réaction des trois autres. Ensuite, j'aimerais l'envoyer dans les endroits où nous avons eu des cambriolages pour qu'il se renseigne et fasse croire qu'il cherche à se faire un peu d'argent en cambriolant sans dire qui il est, il finira bien par approcher le chef de la bande et à son tour, finira bien par savoir quel gendarme les informe de notre venue. »

« Très bien. Et quand est-ce qu'il arrive ? »

« Il est déjà là depuis une semaine. La DGSI attendait simplement de savoir si hier on allait attraper les cambrioleurs. Il va venir au commissariat. »

« D'accord, attendons-le alors ! »

Pendant ce temps-là, Simone tapotait sur son ordinateur. Elle ne comprenait rien du tout.

Quelques jours auparavant, chez le boucher, elle avait pris une petite annonce d'une jeune fille prénommée Sarah qui donnait des cours et éventuellement aidait les personnes âgées à comprendre le fonctionnement de l'ordinateur. Simone décida de la contacter.

« Bonjour, je m'appelle Simone. J'ai acheté un ordinateur et visiblement, je ne sais pas l'utiliser. Je ne comprends pas son fonctionnement, mais j'aimerais savoir s'il y a une possibilité que vous veniez à mon domicile pour m'apprendre et me faire comprendre son fonctionnement ? »

« Bonjour Simone, je m'appelle Sarah. Oui bien sûr, il n'y a aucun souci. Je peux venir demain, samedi après-midi si vous êtes disponible. »

« Bien sûr. Je vous attends vers 16 h » confirma Simone, soulagée de trouver de l'aide.

« Très bien. Puis-je avoir vos coordonnées ? »

Simone a fourni à Sarah toutes les informations nécessaires pour venir samedi, y compris son adresse, son numéro de téléphone, son nom et son prénom.

« Parfait, à demain alors ! » dit Sarah avant de raccrocher.

Un homme se présenta au commissariat, il s'agissait de Michel, le nouveau policier.

Il était grand et brun. Il portait un jean bleu marine et une chemise blanche. Michel ouvrit la porte et vit deux personnes assises devant un ordinateur. L'une était un homme d'une quarantaine d'années, brun, grand et musclé. L'autre était une femme d'une trentaine d'années, blonde et mince, avec des yeux bleus et un sourire charmant. Ils portaient tous les deux l'uniforme de la police. Il se dirigea vers le bureau d'accueil :

« Bonjour, je m'appelle Michel. »

« Moi c'est Emilien et voici mon adjointe Anne. Nous vous attendions. Si nous vous avons demandé de venir nous aider, c'est parce que nous avons eu pas mal de cambriolages dans le département ces dernières semaines. Le dossier nous a été confié mais nous travaillons également avec trois gendarmes sur cette affaire. Je pense qu'il y a une taupe parmi eux. Je n'en étais pas certain, mais lors de la dernière tentative d'arrestation où nous devions faire un gros coup de filet, les cambrioleurs étaient déjà partis, laissant même des cartons au sol ouverts sur place. Quelqu'un les avait donc prévenus. »

Michel écouta attentivement les explications d'Emilien. Il était surpris par la situation.

« Pourriez-vous me donner des directives sur ce que vous attendez de moi ? »

« Tout d'abord, pourriez-vous faire une petite reconnaissance ? Je vais vous fournir les adresses des lieux où ont eu lieu des cambriolages. Essayez de rencontrer des gens et de leur faire comprendre que vous cherchez à gagner de l'argent et que vous êtes prêt à faire des choses illégalement. Si possible, essayez d'obtenir des informations supplémentaires auprès d'eux. J'ai une source qui m'a informé de cela, mais elle n'a pas de contacts directs avec les cambrioleurs eux-mêmes. Elle n'est pas non plus sûre à 100 % de cette information, car elle l'a obtenue par le biais d'une autre personne. Je vais vous présenter aux trois autres gendarmes. Nous allons observer leur comportement et voir comment ils réagissent. »

« Très bien. Donnez-moi tous les documents nécessaires pour que je puisse commencer. Je vais vous donner mon numéro de téléphone. Si vous avez besoin de moi, n'hésitez pas à m'appeler. Je loge à l'hôtel, voici mon numéro de chambre 103 et le numéro de l'hôtel également. Je suis venu ici avec ma fiancée, mais je ne lui ai pas dit la raison de ma venue. J'ai simplement dit qu'il y avait peut-être un poste à pourvoir sur Angoulême et que j'ai été affecté ici provisoirement. Cela fait une semaine que je suis ici et j'ai visité un peu les environs.

Je n'ai rien dit à personne sur le fait que je suis policier » dit Michel en prenant l'enveloppe que lui tend Anne et en notant les coordonnées d'Émilien sur son carnet.

« Vous avez bien fait, Michel. Voilà tous les éléments dont vous aurez besoin. Nous nous tenons informés et on s'appelle » conclut Émilien en lui serrant la main.

Michel partie et Émilien contacta Christian, le gendarme qu'il connaissait le mieux et avec qui il avait plus d'affinités.

« Salut Christian, comment ça va ? »

« Bien et toi ? »

« Dis-moi. On vient de m'envoyer un petit stagiaire là. Un bleu. J'aimerais pouvoir organiser un repas pour vous le présenter. Qu'en penses-tu ? »

« Bah écoute Emilien, on va tous chez Franck samedi, on va se faire un petit apéritif. Viens si tu veux avec Anne et puis amène ton bleu. »

« Parfait ! Il s'appelle Michel et il est venu avec sa fiancée. »

« Qu'il vienne avec, nos femmes seront là aussi. Samedi, 18 h. »

« Très bien, parfait. »

Émilien raccrocha le téléphone, se leva de son bureau et se dirigea vers sa collègue :

« Anne, prépare-toi, samedi nous sortons ! »

« Et où allons-nous ? »

« Nous sommes invités chez Franck, l'un des gendarmes, pour un apéritif. Michel et sa compagne seront également présents. Cela permettra à tout le monde de faire connaissance. »

« Pour moi, c'est parfait. »

Vendredi soir, à la tombée de la nuit, Simone a réchauffé les restes de son pot-au-feu de la veille. C'est alors qu'elle a entendu Georgette se plaindre.

« Simooooonnnnne ! » cria Georgette d'une voix faible.

« Tiens, la vieille s'est réveillée » marmonna Simone en posant sa cuillère sur la table.

Simone se dirigea vers la chambre. Elle ouvrit la porte et vit Georgette allongée sur le lit, le visage pâle et les cheveux en bataille.

« J'ai bien dormi, mais je me sens un peu vaseuse » lui dit Georgette.

« Il n'est pas surprenant que tu sois fatiguée après avoir dormi autant. »

« Quel jour sommes-nous et quelle heure est-il ? »

« Nous sommes vendredi soir et il est 19 heures. »

« J'ai dormi depuis ce matin ? »

« Non, ce matin, tu as pris ton petit déjeuner, tes médicaments, puis tu t'es rendormie. Tu t'es réveillée à 13 heures et as mangé quelque chose avant de prendre tes médicaments et de te rendormir. Et maintenant, tu viens juste de te réveiller. »

« Que m'arrive-t-il ? J'ai faim et je dois prendre mes médicaments. »

« Pas de souci la Georgette, je vais chercher ton repas et un verre d'eau pour toi. »

Simone récupéra le repas et le verre d'eau dans la cuisine et les apportèrent.

« Encore une soupe d'orties et un verre d'eau ? » se désola Georgette.

« Oui, ce sont les restes d'hier. Il est hors de question que je les jette. Le verre d'eau pour prendre tes médicaments et la soupe pour prendre des forces. »

« N'aurais-tu pas quelque chose de plus consistant ? Tu as des poules, pourquoi ne pas faire une omelette ou un œuf sur le plat ? »

« Les poules ne pondent plus d'œufs en ce moment. »

« Une autre soupe avec des patates et des légumes. »

« Mes patates ont germé et les autres légumes n'ont pas poussé cette année. »

« Et pour la viande ? Quelle est ton excuse ? »

« Ce n'est pas bon pour la santé. J'arrive à m'en passer, il faut que tu t'en passes aussi. Allez, mange ta soupe et prends tes médicaments. Je vais dans la cuisine. »

Simone retourna dans sa cuisine pour savourer son reste de pot-au-feu. Elle se régala avec son morceau de viande, un morceau de jarret, des carottes, des pommes de terre et des choux. Tout était parfumé et délicieux. Georgette avait fini sa soupe et s'était rendormie. Simone débarrassa la desserte, lava la vaisselle et rangea tout avant de s'installer confortablement dans son salon pour regarder la télévision. Elle était contente de voir Georgette dormir encore longtemps, comme elle disait : « La casse-pieds dort ». Puis elle alla se coucher tranquillement.

Le lendemain matin, alors que le soleil se levait, Simone se dirigea vers la cuisine pour préparer son petit déjeuner. C'est alors qu'elle entendit Georgette se réveiller et l'appeler :

« Simooooneeeeee ! »

« Ah, bon diou ! Elle s'est réveillée ! Qu'est-ce que tu veux ? »

« Je me sens toujours vaseuse, Simone, et quelque chose ne va pas. »

« Je ne suis pas médecin, que veux-tu que je te dise ? L'infirmière va arriver. Patiente un peu. »

« Est-ce que je pourrais avoir mon petit déjeuner et un verre d'eau pour prendre mes médicaments ? »

« Pas de souci la Georgette, je te prépare ça tout de suite. »

Simone retourna à la cuisine pour préparer le petit déjeuner. Elle lui servit encore de la soupe d'orties.

« Tiens, voilà ta soupe ! »

« Encore de la soupe d'orties. Mais je suis arrivée jeudi soir et depuis tu ne me donnes que de la soupe d'orties, j'en ai assez ! Je veux manger autre chose ! »

« Si Madame n'est pas contente, elle peut partir. Si moi, j'arrive à manger cette soupe tous les jours, tu peux le faire aussi. Madame est exigeante ! »

« Je vais la manger ta soupe d'orties ! Je vais prendre mes médicaments et attendre l'infirmière ainsi que le kiné que je n'ai pas vu depuis mon arrivée et me laver. » Georgette se résigna à avaler la soupe d'orties, en faisant des bruits de déglutition exagérés.

« Tu as oublié le médecin aussi, il doit passer aujourd'hui te voir. »

Simone laissa Georgette prendre son petit déjeuner et retourna à la cuisine pour se faire des tartines de beurre et de confiture de fraise avec un bon café chaud et une bonne brioche. Elle se régalait de ce petit déjeuner gourmand, Elle se disait qu'elle méritait bien ce plaisir, après avoir supporté Georgette. Une heure plus tard, la sonnette retentit. Il s'agissait de l'infirmière. Elle était jeune et souriante, avec des cheveux blonds et des yeux bleus. Elle portait une blouse blanche et un badge avec son nom Julie. Elle entra dans la cuisine et rencontra Simone qui faisait la patrouille[7].

---

[7]patrouille : faire la vaisselle

« Bonjour Madame. Georgette est dans sa chambre, vous pouvez aller la voir. »

« Merci. Tout se passe bien ? Elle va bien ? »

« Elle dort beaucoup, elle est fatiguée. Mais dans l'ensemble, oui, ça va. »

Le médecin arriva au même moment pour ausculter Georgette et voir où en était son état de santé. Il se dirigea lui aussi vers la chambre de Georgette. En entrant, il vit Georgette allongée sur son lit, les yeux fermés. Elle portait un pyjama bleu à fleurs et avait les cheveux gris en bataille. Georgette dormait.

Simone arriva : « Bon diou, elle dort encore ? Mais elle passe son temps à dormir celle-là ! ».

« Elle dort beaucoup ? » lui demanda le médecin.

« Oh oui, elle ne fait que ça ! »

Le médecin décida de lui prendre quand même la tension qui était insuffisante. L'infirmière, elle, fit une prise de sang à Georgette. Le médecin trouva surprenant que Georgette soit très fatiguée et posa diverses questions à Simone qui répondit qu'elle mangeait bien, prenait bien ses médicaments mais passait son temps à dormir.

Le médecin ordonna à l'infirmière présente de faire une prise de sang à Georgette qui s'exécuta en lui disant que les résultats n'arriveraient pas avant mardi étant donné qu'on était en week-end.

Le médecin trouva également une odeur de transpiration dans la chambre et demanda à Simone si cette dernière faisait la toilette de Georgette.

Simone répondit : « Elle dort toute la journée, comment voulez-vous que je porte un poids mort jusqu'à la salle de bain ? Donc non ! Elle n'a pas été lavée depuis son arrivée ! »

Le médecin commençait à s'inquiéter car il n'était pas normal que l'état de santé de Georgette ne s'améliore pas mais plutôt se dégradait. Il soupçonnait que Simone ne s'occupait pas bien de Georgette et qu'elle la négligeait.

Tous quittèrent la maison de Simone. Le déjeuner arriva et Simone se prépara une délicieuse omelette avec des petits lardons, accompagnée d'un petit verre de vin rouge. C'est alors que Georgette s'écria :

« Simoooneeeee ! »

Simone se dirigea vers la chambre de Georgette.

« Alors ? On a fait encore une grosse sieste. Mais je vois que Madame se plait chez moi ? Le matelas est confortable ? La chambre te plait ? » expliqua Simone avec douceur mais avec une pointe de sarcasme dans la voix. « Mais il va falloir quand même que tu commences à bouger un peu, Georgette » cria Simone.

« Je ne me sens pas bien, Simone. Je suis vaseuse, fatiguée. J'ai la tête qui tourne. »

« Je ne suis pas médecin, que veux-tu que je te dise ? Le médecin et l'infirmière sont passés ce matin. L'infirmière, t'as fait une prise de sang ! Le médecin t'a pris la tension et tout allait très bien ! Alors arrête de te lamenter sur ton sort et de jouer aux victimes et à la malade. »

« J'ai faim, Simone. J'ai faim ! »

« Pas de souci la Georgette, je te prépare ton déjeuner avec un verre d'eau pour que tu puisses prendre tes médicaments. »

« Pas de soupe d'ortrijhes, s'il te plaît. »

« Ah mais si ! Le chaudron n'est pas fini, Georgette. Et nous mangerons les restes tant qu'il y en aura ! »

Simone alla chercher un bol d'orties avec un verre d'eau qu'elle ramène à Georgette qui prit sa soupe et ces médicaments. Elle n'en pouvait plus de cette soupe. Elle la buvait avec dégoût. Quant à Simone, elle se régalait avec son omelette aux lardons et son petit verre de vin rouge. Une heure plus tard, Simone alla débarrasser la desserte dans la chambre de Georgette et à sa grande surprise, elle s'était encore endormie avec le bol vide à côté d'elle. Simone soupira en voyant la Georgette ronfler paisiblement sous sa couverture. Elle prit le bol pour le ramener à la cuisine.

« Elle le fait vraiment exprès là ! Je ne vais pas me plaindre, elle m'emmerdera pas de la journée. »

Simone attendait Sarah, la jeune fille qui devait lui donner des cours d'informatique et lui montrer le fonctionnement de l'ordinateur. Elle était tranquillement installée dans son canapé devant la télévision lorsque la sonnette retentit. Simone se leva du canapé et ouvrit la porte à Sarah, une jolie brune aux yeux verts qui portait un sac à dos.

« Bonjour madame, je suis Sarah, la personne qui doit vous aider pour l'ordinateur. »

« Ah oui, je vous attendais, je vous en prie. Entrez. »

Simone montra à Sarah l'ordinateur et Sarah se mit au travail pour expliquer comment cela fonctionnait : le clavier, les touches, comment écrire des textes… Et ce pendant 2 heures.

À 18h00, un homme inconnu sonna à la porte de chez Simone. Elle ouvrit la porte et demanda :

« Oui, Monsieur. Qui êtes-vous ? »

« Excusez-moi madame, je m'appelle Michel, je suis le fiancé de Sarah. Elle m'avait laissé votre adresse. Je suis venu la chercher, nous avons un apéritif ce soir. »

« Je vous en prie, entrez. Vous êtes tous les deux nouveaux ici ? »

« Oui, c'est vrai, ça fait une semaine que nous sommes arrivés. Vous avez une belle ville. Nous commençons à faire connaissance avec certains habitants et ce soir, nous avons été invités à un apéritif. Nous voulons montrer que nous sommes des gens ponctuels. » Michel souriait poliment à Simone qui l'invita à s'asseoir dans le salon où Sarah terminait ses explications sur l'ordinateur.

« Simone, désolée, nous devons y aller », dit Sarah.

« Oh, je vous en prie, allez-y. Je vous souhaite une bonne soirée ».

« Merci madame. Merci Simone. Et surtout, n'hésitez pas à me rappeler si ça ne va pas, je reviendrai vous expliquer et vous donner des cours supplémentaires. »

« Très bien, Sarah. Merci, bonne soirée à tous les deux et au revoir. » Simone raccompagna Sarah et Michel jusqu'à la porte et les regarda partir en voiture. Elle se sentit soudain un peu seule dans sa maison silencieuse et eut envie de se détendre et de se prendre un petit verre de pineau. Elle se dirigea vers le salon, où elle avait laissé une bouteille et un verre sur la table basse. Mais avant qu'elle n'ait pu s'asseoir sur le canapé, elle entendit Georgette l'appeler.

« Simooneeee ! »

« Mais c'est pas vrai ! Elle ne me lâchera jamais celle-là ! » Simone murmura pour elle-même, un sourire ironique sur les lèvres. Elle soupira, secoua la tête et se dirigea vers la chambre de Georgette. Elle ouvrit la porte avec douceur et lui dit : « Alors la Georgette ! Bien dormi ? »

Georgette, allongée dans son lit, tourna la tête vers Simone. Ses yeux étaient fatigués et son visage pâle. « Simone, je ne comprends pas ce qui m'arrive. Je dors trop. Je ne vois pas les journées passer. Je ne suis pas bien. »

« Je te l'ai déjà dit, je ne suis pas médecin !!! Ils sont passés ce matin et tout allait très bien !!! »

« J'ai faim. »

« Mais tu ne penses qu'à manger la Georgette ? Tu te remplis le gosier comme une gouelle![8] »

« Tu me donnes que de la soupe d'ortrijhes ! T'appelles ça goinfrais? »

« En attendant t'a vidée la moitié du chaudron, je te ramène un nouveau bol. »

« Tu n'es toujours pas passé à la boulangerie chercher du pain ? Il n'y a pas autre chose à manger ? »

« Non, tant que le faitout n'est pas vide. On mange les restes. La boulangerie ? Je n'ai pas eu le temps. Et puis c'est très bon pour la santé, la soupe d'ortrijhes ! » Simone ramena une soupe d'orties avec un verre d'eau pour Georgette qui en avait ras-le-bol. Elle n'en pouvait plus mais elle était tellement fatiguée qu'elle mangeait ce que Simone lui donnait. Elle but sa soupe et pris ses médicaments. Elle en profita pour demander à Simone un brin de toilette mais Simone lui expliqua qu'elle aussi avait faim et qu'elle allait manger sa soupe avant de l'aider.

---

[8] le gosier comme une gouelle : Manger comme une goinfre

En réalité Simone alla se prendre un petit verre de pineau suivi d'un hachis parmentier qu'elle s'était préparée. Lorsque Simone retourna dans la chambre de Georgette, cette dernière s'était encore endormie.

« Eh bien voilà ! On dira que je ne fais rien ! Mais elle dort tout le temps ! Comment puis-je l'aider si elle est toujours endormie ! » s'exclama Simone, un brin d'exaspération dans la voix.

Simone décida finalement de fermer la porte de la chambre, plongeant la pièce dans une douce obscurité. Elle se dirigea ensuite vers la cuisine où une pile de vaisselle l'attendait. Avec des mouvements méthodiques et précis, elle nettoya chaque assiette et chaque couvert, les rangeant soigneusement dans les placards une fois propres. Une fois la cuisine impeccable, Simone se dirigea vers le salon. Elle s'installa confortablement dans son canapé préféré, alluma la télévision et se perdit dans les images qui défilaient à l'écran. C'était un moment qu'elle chérissait - un moment de calme et de tranquillité après une journée bien remplie. Finalement, sentant ses paupières devenir lourdes, Simone décida qu'il était temps de prendre sa douche. Elle se dirigea vers la salle de bain, laissant derrière elle le bruit doux de la télévision.

Après une douche revigorante, elle se glissa dans son lit, prête à accueillir le sommeil après une longue journée.

Chapitre 3

Le lendemain matin, vers 09h00, Simone fut réveillée par la sonnerie stridente de son téléphone. Elle se redressa dans son lit, frottant ses yeux endormis. C'était l'hôpital qui l'appelait.

« Bonjour madame. Nous sommes désolés de vous déranger. Pourriez-vous venir à l'hôpital rapidement s'il vous plaît ? »

« Mais que se passe-t-il ? » demanda Simone, inquiète.

« Il y a eu un accident hier et vos coordonnées ont été trouvées sur la victime. »

Paniquée, Simone pensa immédiatement à son fils Emilien.

Elle prit son vélo et laissa Georgette seule, qui dormait encore. Arrivée à l'hôpital, le médecin lui expliqua qu'il s'agissait d'une personne nommée Sarah. Simone ne comprenait pas pourquoi elle avait été appelée. Le médecin lui expliqua que dans les affaires de la jeune fille se trouvaient son nom, son prénom, son adresse et son numéro de téléphone. Simone se souvint alors lui avoir donné ces informations lors de leur rendez-vous pour les cours d'informatique le samedi précédent. Elle avait dû les garder sur elle. Le médecin lui expliqua également qu'il avait appelé la police. Simone expliqua qu'elle ne la connaissait pas plus que ça. Elle était venue la veille pour l'aider avec son ordinateur et était partie avec son fiancé Michel venu la chercher.

Le médecin lui expliqua que Sarah venait de se réveiller mais qu'il serait bien qu'une personne soit à ses côtés pour la rassurer. Émilien arriva aussi à ce moment-là.

« Maman mais que fais-tu ici ? » demanda Émilien, surpris.

« L'hôpital m'a appelé. La jeune fille Sarah, qui est venue hier à mon domicile pour m'aider avec l'ordinateur, a eu un accident. Je lui avais laissé mes coordonnées et elle les avait gardées sur elle.

Elle est repartie avec son fiancé qui s'appelait Michel. D'ailleurs, je ne comprends pas pourquoi il n'est pas là ? » expliqua Simone.

« Entrons ! Allons la voir » proposa Émilien.

Ils entrèrent ensemble dans la chambre d'hôpital où Sarah était allongée, des tubes et des fils reliés à diverses machines autour d'elle. Le médecin expliqua que les pompiers avaient amené Sarah très tôt ce matin. Sa voiture avait pris feu et le conducteur était décédé, carbonisé. Elle avait un traumatisme crânien et c'était très grave.

« Mais si la voiture a brûlé, pourquoi elle n'a pas brûlé dedans ? » demanda Simone, confuse.

« Elle a réussi visiblement à sortir de la voiture. Elle a été retrouvée quelques mètres plus loin du véhicule » expliqua le médecin.

Sarah, la jeune fille, commença à émerger lentement de son sommeil. Elle était dans un état lamentable, son corps meurtri et douloureux. Emilien, silencieux, se tenait à l'écart dans la chambre.

« Sarah, c'est moi, Simone. Essayez de me parler. Pouvez-vous m'entendre ? » demanda Simone d'une voix douce.

« Ah Simone... Je souffre terriblement. Mon Dieu, Michel ! Michel est mort » gémit Sarah.

« Je suis désolée d'apprendre cela, Sarah. Vous avez été victime d'un accident de voiture » expliqua Simone.

« Non, Simone, je n'ai jamais eu d'accident de voiture » rétorqua Sarah avec conviction.

« Malheureusement, c'est le cas. Votre voiture a pris feu. Vous êtes très fatiguée et vous avez subi un traumatisme crânien. Vos souvenirs sont probablement confus » expliqua Simone avec patience.

« Je vous assure que non ! Je n'ai pas eu d'accident. Je me souviens de certaines choses, c'est tout » insista Sarah.

Intriguée, Simone demanda : « Racontez-moi ce dont vous vous souvenez. »

Sarah commença alors à raconter son histoire :

« Nous étions à une soirée où nous avons pris l'apéritif. Il y avait beaucoup de monde que je ne connaissais pas et je n'avais pas l'impression que Michel les connaissait non plus. Nous avons discuté avec tout le monde toute la soirée.

À un moment donné, un homme a renversé de la sauce tomate sur sa chemise et en a également renversé sur un autre homme. » C'est alors qu'elle reconnue Emilien. Simone, surprise, regarda Emilien qui lui fit signe de continuer à parler avec Sarah.

Sarah poursuivit son récit : « Après le départ de certains invités, nous avons décidé de partir également. Michel m'a proposé d'aller au restaurant. Nous sommes donc partis pour le restaurant 'La Coquille', réputé pour ses escargots ou comme vous les appelez ici, 'les cagouilles'. Nous voulions goûter et nous familiariser avec la gastronomie locale. Lorsque nous sommes arrivés au restaurant, nous nous sommes garés et sommes entrés. Dix minutes plus tard, Michel est sorti en me disant qu'il ne serait pas long. Cependant, une demi-heure plus tard, il n'était toujours pas revenu. Inquiète, je suis sortie et j'ai vu notre voiture sur le parking. Je m'en suis approchée et j'ai trouvé Michel mort au volant avec du sang noir sur la tête, j'en ai même vu à travers la vitre côté passager ainsi que des lettres F et R. Ensuite, j'ai ressenti un coup derrière la tête. C'est tout ce dont je me souviens. Mais je suis certaine qu'il n'y a pas eu d'accident de voiture. » Et sur ces mots, Sarah se rendormit.

Emilien se tourna vers le médecin présent dans la pièce : « Docteur, il faut absolument que je l'interroge. Je mène une enquête. »

Le médecin répondit fermement : « Et moi je suis médecin et je dois m'occuper des malades. Sortez ! Laissez-la se reposer. »

Emilien et Simone quittèrent alors la chambre en silence.

« Emilien, peux-tu m'expliquer cette histoire ? Tu connais cette femme, n'est-ce pas ? Et si, comme elle le prétend, sa mémoire ne lui joue pas des tours. Michel était déjà mort bien avant. Cette mise en scène est déplorable. Il a donc été assassiné. Et cette même personne a tenté de la tuer » demanda Simone.

« Oui, maman, je la connais. Elle est la fiancée de mon nouveau collègue que j'ai fait venir ici. Et l'homme qui est mort n'est autre que Michel. Tu comprends maintenant pourquoi il a été tué. Mais je ne sais pas par qui ! Son témoignage est important, le F et R qu'elle a vu, sont les initiales sur les écussons des forces de l'ordre qui signifie France » répondit Emilien.

« Tué ? Non, je ne comprends pas pourquoi ? Mais que va-t-il se passer lorsque l'assassin découvrira que Sarah est encore en vie ? » s'inquiéta Simone.

« J'y ai pensé, maman. Je me pose la même question » admit Emilien.

« Je veux t'aider, Emilien » proposa Simone.

« Tu veux m'aider, maman ? Alors rentre à la maison et occupe-toi de Georgette. Je ne veux pas un mort de plus sur la conscience. Je dois appeler Anne. Excuse-moi ! » dit Emilien en s'éloignant pour téléphoner à Anne en toute tranquillité.

« Anne, rappelle le médecin légiste car Michel n'est pas mort dans sa voiture accidentée. Mais dans sa voiture sur le parking du restaurant. Et je veux connaître les causes exactes de sa mort » demanda Emilien.

« Je m'en occupe, Emilien. Et je vais faire venir la voiture au dépôt pour l'examiner de près » répondit Anne.

Emilien retourna ensuite près de la chambre de Sarah où Simone se trouvait encore.

« Maman, je t'ai dit de rentrer à la maison » insista Emilien.

« J'ai peur pour cette jeune fille. Qui va la protéger ? » demanda Simone.

« Je vais m'en occuper, maman. Maintenant, rentre s'il te plaît » répondit Emilien.

« Attends une seconde, tu étais à cette soirée n'est-ce pas ? » interrogea Simone, cherchant à comprendre la situation.

« Oui, maman, j'y étais pour des raisons professionnelles. Michel était un policier. J'avais demandé à la DGSI de me l'envoyer ici. Depuis quelque temps, il y a eu une série de cambriolages et je soupçonne qu'il y a une taupe parmi nous. Nous travaillons avec trois gendarmes sur le dossier et je pense que l'un d'eux est une taupe. Michel devait servir d'appât. Je sais qu'il avait été en contact avec un individu nommé Charlie. Et ce Charlie devait lui donner le nom d'un policier impliqué dans l'organisation de ces cambriolages. Lors de la soirée, j'ai fait semblant de renverser de la sauce tomate sur ma chemise et celle du père de Franck, l'un des gendarmes, sans faire exprès. Cela m'a donné une excuse pour pouvoir partir plus tôt et laisser Anne à l'intérieur. Je suis allé dans ma voiture et j'ai attendu pour voir qui sortirait et qui suivrait Michel et sa fiancée Sarah.

Je supposais que son indic Charlie allait prévenir l'un des gendarmes et que ce gendarme allait suivre Michel. J'ai vu les voisins de Franck sortir en premier, ensuite Michel et Sarah et peu de temps après, l'un des gendarmes prénommé Sébastien. Alors je l'ai suivi mais je me suis rendu compte qu'il ne prenait pas la même direction que Michel et Sarah. J'ai donc fait demi-tour. Mais lorsque je suis arrivé devant la maison de Franck, je ne savais pas si d'autres personnes étaient parties entre-temps. Je savais que Michel attendait un appel téléphonique de son indic. Ils devaient se voir samedi soir mais nous ne savions pas à quel endroit » expliqua Emilien.

Simone réfléchit un instant avant de demander :

« Donc si je comprends bien, il a invité Sarah au restaurant juste parce qu'il avait rendez-vous avec son indic ? Mais qu'est-ce qui s'est passé ensuite ? »

« J'aimerais bien le savoir moi aussi. Et crois-moi, celui qui a fait ça va le payer cher. »

« Il faut que tu fasses examiner le véhicule. »

Emilien acquiesça : « J'ai déjà appelé Anne pour ça. Elle va s'en occuper et faire rapatrier le véhicule demain pour l'examiner. En attendant, rentre à la maison. »

« Prends soin de toi, mon grand » dit Simone avec affection à son fils.

Simone quitta l'hôpital et rentra chez elle. À son arrivée, elle trouva l'infirmière en train de prodiguer des soins à Georgette.

« Je lui ai administré une injection, mais elle dort encore » informa l'infirmière.

« Et qu'est-ce que vous voulez que j'y fasse ? Je ne savais pas qu'elle était une grande dormeuse » répondit Simone, un peu agacée.

« Cela me semble étrange et inhabituel ! » s'exclama l'infirmière.

« Qu'insinuez-vous ? » demanda Simone, sur la défensive.

« Je n'insinue rien, je constate simplement. Chaque matin quand je viens, elle dort toujours » expliqua l'infirmière.

« Eh bien, changez vos habitudes. Pourquoi ne pas venir l'après-midi ou le soir ? »

« Ah, donc à ces heures-ci, elle est bien éveillée ? » demanda l'infirmière avec scepticisme.

« Non, elle dort aussi » admit Simone.

« Et cela ne vous interpelle pas qu'elle dorme toute la journée ? »

« Je ne suis pas médecin. On me l'a imposée, je la garde, je la nourris, je la blanchis. Il ne faudrait peut-être pas trop m'en demander ! Bonne journée madame et à demain » répondit Simone avec une pointe d'irritation.

Peu après, Archibald arriva avec Jules, le fils de Georgette. Ils étaient venus prendre des nouvelles de sa mère.

« Oh mon Jules, mon petit filleul, comment ça va ? » demanda Simone.

« Je vais bien, marraine. Comment va ma mère ? »

« Oh très bien, elle fait du lard, elle passe son temps à dormir. Manger, dormir, manger, dormir, un bébé » répondit Simone avec une pointe d'humour.

Jules se dirigea vers la chambre de sa mère, mais la trouva plongée dans un sommeil profond. Ne voulant pas la déranger, il revint auprès d'Archibald et de Simone.

« Elle dort encore, je vais la laisser se reposer. C'est difficile pour moi de venir la voir.

Je n'ai que le week-end de libre et j'aurais tellement aimé lui parler » confia Jules.

« Tu peux toujours lui téléphoner. Nous avons encore le téléphone ici » suggéra Simone.

« Tu as raison marraine, c'est ce que je ferai. Excuse-moi, mais je dois partir maintenant. J'ai un peu de route à faire et on m'attend » dit Jules en se levant pour partir.

« Bien sûr, mon grand. N'hésite pas à repasser quand tu veux et à téléphoner quand tu le souhaites » répondit Simone en le raccompagnant à la porte.

Après le départ de Jules, Simone resta avec Archibald. Ils discutèrent tout en dégustant une petite nieule. Une fois Archibald parti, Simone, qui avait fait un détour par la boulangerie en rentrant de l'hôpital pour acheter du pain frais et s'était arrêtée chez le boucher pour prendre deux steaks, commença à préparer le repas. Alors qu'elle s'affairait en cuisine, elle entendit Georgette l'appeler.

« Simooonneeee ! »

« Quoi encore ? Je vois que tu as finie de roupiller ? Ton fils est passé et tu n'as même pas daigné te réveiller pour lui parler.

Tu es vraiment une mère indigne » répliqua Simone d'un ton agacé.

« Simone, je ne me sens vraiment pas bien. Vraiment pas bien » gémit Georgette.

« Comment peux-tu te sentir mal ? Tu passes ton temps à dormir ! Tu manges le matin, à midi, le soir et tu dors. L'infirmière et le médecin sont venus et tout va bien selon eux. Tu as fait une prise de sang, attendons les résultats mais tu n'as pas l'air d'avoir o la boune mine![9]. Ah, tu aimes te faire plaindre ! »

« Simone, quelle heure est-il ? » demanda Georgette d'une voix faible.

« Il est 12h30 » répondit Simone.

« J'ai faim » se plaignit Georgette.

« Ça ne m'étonne pas ! Tu te réveilles, tu dis 'j'ai faim' et tu te rendors. On dirait un bébé. Je vais te préparer ta soupe » dit Simone en retournant à la cuisine.

« Encore de la soupe ? C'est insupportable, Simone. Je préférerais rester à jeun et queurver[10] de faim » protesta Georgette avec une grimace.

---

[9]o la boune mine : avoir bonne mine

[10]queurver de faim : mourir de faim

« Ah mais non ! tu vas la manger cette soupe. On va finir par croire que je te laisse mourir de faim. Je te l'ai déjà dit, si la nourriture que je te prépare ne te convient pas, la porte est grande ouverte. Je vais te chercher ta soupe et un verre d'eau » rétorqua Simone en se dirigeant vers la cuisine.

Georgette avala sa soupe avec difficulté, prit son verre d'eau et avala ses médicaments. Elle demanda ensuite à Simone de l'aider à faire sa toilette, se plaignant de démangeaisons dues à la transpiration et d'une odeur désagréable. Mais Simone lui rappela qu'elle devait d'abord manger avant de pouvoir l'aider à faire sa toilette. Simone s'était préparé deux steaks pour elle seule, accompagnés de quelques petits choux de Bruxelles qu'elle avait cueillis dans son jardin, le tout arrosé d'un bon petit verre de vin rouge. Alors qu'elle retournait dans la chambre pour débarrasser le plateau de Georgette, elle trouva cette dernière endormie.

« Eh bien voyons ! Et après on va dire que c'est moi qui ne veux pas m'en occuper. Elle dort tout le temps. Je ne peux rien faire ! Allez hop !
Bonne nuit la Georgette, à ce soir » marmonna Simone en quittant la chambre.

Simone avait initialement prévu de passer du temps sur son ordinateur, mais elle changea d'avis et décida d'appeler Archibald. Elle lui expliqua que Georgette avait mangé, pris ses médicaments et s'était rendormie pour faire sa sieste. Elle exprima également son souhait d'aller au commissariat de police pour voir Emilien et obtenir des informations précises sur l'enquête en cours.

« Tu es sûre que c'est une bonne idée ? » demanda Archibald avec inquiétude. « Tu sais qu'Emilien n'aime pas que tu te mêles de ses affaires. Et puis, tu devrais te reposer un peu, tu as l'air fatiguée ».

« Je vais très bien, ne t'inquiète pas pour moi » répliqua Simone avec assurance. « Je veux juste savoir ce qui s'est passé exactement. Michel était un brave garçon, il ne méritait pas de mourir comme ça. Et Sarah, cette pauvre fille, elle est entre la vie et la mort. »

« D'accord, d'accord, je viens avec toi » céda Archibald. « Mais promets-moi de laisser Emilien et Anne faire leur travail ».

« Promis » dit Simone en raccrochant.

Lorsqu'ils arrivèrent au commissariat, ils trouvèrent Anne déjà sur place, examinant le véhicule accidenté. Emilien n'était pas ravi de voir sa mère et Archibald débarquer au commissariat, tout comme Anne qui trouvait que Simone se mêlait un peu trop de l'enquête.

« Alors Anne, as-tu trouvé quelque chose ? » demanda Emilien.

« Non, j'ai tout regardé et vérifié. Je ne vois pas comment cette voiture a pu avoir un accident et ensuite prendre feu » répondit Anne en secouant la tête.

« Excusez-moi Anne, est-ce que vous permettez ? Comme vous le savez, j'ai été garagiste. Un des meilleurs d'ailleurs de cette commune. Il est possible que je puisse voir quelque chose que vous ne voyez pas. Je ne tiens pas à empiéter sur votre enquête, comme certaines personnes peuvent le faire » dit Archibald en jetant un regard à Simone. « J'ai peut-être juste un nouvel avis qui pourrait aider. »

« Je vous en prie, Archibald. C'est vrai que vous avez été garagiste et il est possible que vous puissiez voir quelque chose que moi je ne vois pas » répondit Anne en lui faisant signe d'approcher du véhicule.

Archibald s'approcha du véhicule et commença à l'examiner minutieusement. Il vérifia les freins, les durites… Jusqu'à ce qu'il remarque quelque chose sous la pédale d'accélérateur en enlevant le tapis de sol brûlé. Il trouva un morceau de métal qu'il retira.

Il montra le morceau de métal à Anne et Emilien : « C'est ça ! Vous voyez ce petit morceau de métal tout tordu ! Il était sous le tapis de sol, comme une aiguille qui traversait le tapis et s'est logée au niveau de la pédale d'accélérateur, empêchant celle-ci de revenir à sa position initiale. C'est comme si l'accélérateur était bloqué à fond par ce crochet. »

« Es-tu certain que ce fragment de métal n'est pas un composant de la voiture ou d'un élément du système d'accélération ou de freinage ? » interrogea Emilien avec une pointe de doute.

« J'étais mécanicien et je peux vous assurer que ce morceau n'appartient à aucune partie de la voiture et n'a aucune raison d'être là. Quelqu'un l'a placé là intentionnellement et lors d'un virage, je suppose que le véhicule a heurté quelque chose de manière violente. Cela a probablement provoqué un incendie au niveau du moteur, ce qui explique pourquoi la voiture a pris feu.

Peut-on dire que c'est un accident de voiture ordinaire ? Absolument pas ! Quelqu'un a saboté le véhicule. Simone m'a raconté l'histoire et vous me dites que cette jeune fille, Sarah, est toujours en vie à l'hôpital ? Vu l'impact et l'accélérateur enfoncé, elle aurait dû mourir aussi. »

« Penses-tu qu'elle n'était pas dans la voiture ? »

« C'est une possibilité, mais je ne peux pas le confirmer. »

Les téléphones d'Anne et Emilien sonnèrent simultanément et ils s'éloignèrent pour répondre. Simone et Archibald attendaient.

« Je dois partir » dit Emilien. « C'est Paul, de la DGSI, il veut me voir. Je pense qu'il va me réprimander. J'ai laissé ce collègue, ce policier, se faire tuer, je n'ai pas su le protéger. J'aurais dû être plus vigilant. »

« Je viens d'avoir des nouvelles du médecin légiste » dit Anne en revenant vers eux. « Il confirme que Michel est mort avant l'accident et l'explosion de la voiture. Cela signifie que Michel a été tué sur le parking du restaurant La Cagouille pendant que Sarah l'attendait à l'intérieur. Et quelqu'un l'a tué pendant cette demi-heure.

Lorsque Sarah est arrivée, la personne devait être encore présente et l'a assommée. La question est : qui est-ce ? »

« Michel m'a dit qu'il avait rendez-vous avec son informateur. Par déduction, c'est que son informateur avait déjà prévenu l'un des trois gendarmes. Il a dû avoir peur que l'informateur révèle tout et a tué Michel » expliqua Emilien.

« Mais dans ce cas, pourquoi n'a-t-il pas tué l'informateur ? » demanda Simone.

« Parce que cela aurait confirmé qu'il y avait une taupe. Cela aurait mis la puce à l'oreille de Michel qui aurait compris qu'il était sur la bonne voie. En tuant Michel, je dirais en faisant croire à un accident de voiture et en plus avec sa fiancée sortant tous les deux du restaurant, vous n'avez pas de meurtre. Il faut juste que maintenant je retrouve son informateur. Et croyez-moi, je vais le retrouver et il va parler » rajouta Emilien.

« Bon, moi je vais rentrer à la maison » dit Simone. « Archibald, un chocolat chaud avec un morceau de brioche ? »

« Oh, je ne dirais pas non ! » répondit Archibald.

Chacun partit alors vaquer à ses occupations.

Quand Simone est rentrée chez elle, Georgette dormait encore. Elle a sorti une brioche et préparé du chocolat chaud. Mais le téléphone a sonné, c'était l'hôpital.

« Bonjour madame, c'est le docteur Burelle de l'hôpital. Je suis désolé de vous déranger, mais quelqu'un a tenté d'entrer dans la chambre de Sarah. Je suis arrivé juste à temps, j'ai essayé de contacter la police, mais sans succès. Alors je me suis permis de vous appeler. Sarah est très perturbée et effrayée. »

« J'arrive tout de suite. » Simone raccrocha. « Archibald, allons-y. »

« Mais où allons-nous ? »

« A l'hôpital. Quelqu'un a essayé d'entrer dans la chambre de Sarah. Je ne comprends pas, Emilien était censé la protéger. »

« Allons-y alors. »

Emilien était parti rencontrer Paul, un des supérieurs de la DGSI. Ce dernier était très mécontent. Il avait confié ce jeune policier à Emilien qui lui avait promis de le protéger. Et finalement, il s'est fait tuer.

« Comment avez-vous pu le laisser se faire tuer ?

Comment n'avez-vous pas pu le protéger ? » demanda Paul de la DGSI.

« Je m'en veux. Je sais que je suis responsable, je me sens coupable. Mais croyez-moi, je vais trouver qui a fait ça. »

« Vous n'êtes même pas sûr qu'un des trois gendarmes soit une taupe. Vous supposez Emilien ! Vous n'avez aucune preuve et pendant ce temps, on a ce jeune policier qui était très talentueux et qui vient de se faire tuer » lui rappela Paul en tapant du poing sur son bureau.

« Je suis vraiment désolé, ce n'est pas la peine de remuer le couteau dans la plaie. Je suis déjà assez attristé. »

« Je vous suspend Emilien ! C'est Anne qui va prendre les rênes ! Vous la seconderez le temps d'attendre la fin de l'enquête. »

« C'est injuste, ne faites pas ça ! »

« Vous ne me laissez pas le choix ! Et maintenant, sortez de mon bureau ! » Emilien sortit du bureau, abattu et humilié.

Simone et Archibald étaient arrivés à l'hôpital et sont entrés dans la chambre. Ils virent Sarah allongée sur le lit, le visage pâle et les yeux cernés.

Elle avait un bandage sur la tête et des bleus sur les bras. Elle les regarda avec un mélange de soulagement et de crainte.

« Sarah, comment te sens-tu ? » lui demande Simone.

« J'ai eu si peur Simone » dit Sarah d'une voix tremblante. « Quelqu'un a essayé de me tuer. »

« Ne t'inquiète pas, Sarah. Tu es en sécurité maintenant. Le docteur est arrivé à temps et il a fait fuir l'agresseur. Il n'a pas pu te faire de mal » la rassura Simone en la serrant dans ses bras.

« Elle va pouvoir sortir et se reposer chez elle » leur annonça le docteur Burelle.

« Mais je n'ai pas de chez moi, nous dormions à l'hôtel » dit Sarah.

« Tu viendras chez moi, Sarah. Tu ne resteras pas seule » lui dit Simone en lui souriant.

« Simone, je ne suis pas sûr qu'Emilien apprécie » lui dit Archibald à voix basse.

« Eh bien, je m'en fou ! Il est bien que j'accueille Georgette, mais ce n'est pas bien que j'accueille Sarah. Préparez-la docteur. Je la ramène avec moi. »

« Très bien, madame. Je vais lui donner son ordonnance et ses médicaments. Elle doit prendre des antidouleurs et des calmants pendant quelques jours. Et surtout, elle doit éviter le stress et les émotions fortes » lui dit le docteur Burelle.

Simone, Sarah et Archibald partirent avec les affaires de Sarah dans un sac plastique fourni par l'hôpital. Ils montèrent dans la voiture d'Archibald et prirent la direction de la maison de Simone.

Chapitre 4

Emilien, en route pour la maison de sa mère, est arrivé en même temps qu'Archibald, Simone et Sarah. Il les vit sortir de la voiture d'Archibald avec un sac plastique contenant les affaires de Sarah. Il se gara derrière eux et descendit de sa voiture.

« Maman, qu'as-tu encore fait ? »

« Rien ! Le docteur a essayé de te contacter. Quelqu'un a tenté d'entrer dans la chambre de Sarah. Elle n'est pas aussi protégée que tu me l'avais promis. Elle aurait pu être en danger. »

« Je ne sais pas ce qui m'arrive en ce moment, mais je ne fais que des conneries ! » dit Emilien, abattu. Il regarda Sarah avec compassion et culpabilité. « Sarah, je suis désolé pour tout ce qui t'arrive. »

« Écoute Emilien, ne te blâme pas. Ce n'est pas toi qui as tué Michel. Quant à Sarah, elle sera mieux ici qu'à l'hôtel toute seule. Et puis, comme tu l'as dit toi-même, j'ai trois chambres. Si je peux accueillir Georgette, je peux certainement accueillir Sarah aussi. J'aurai de la compagnie » lui dit Simone en souriant.

« Je ne suis pas rassuré mais ai-je le choix ? Si jamais il y a le moindre problème maman ou si quelqu'un essaie d'entrer chez toi, tu m'appelles tout de suite. Oh, et sache que j'ai été suspendu et c'est Anne qui prend les rênes, je la seconderai en attendant la fin de l'enquête ! »

« Mais pourquoi ? tu n'as rien fait ? »

« C'est justement ce qu'on me reproche : de n'avoir rien fait ! Rien fait pour protéger Michel alors que je m'étais promis de le faire. »

« Écoute Emilien, je suis convaincue que tout va s'arranger, sois patient » rassura son fils.

Emilien partit en direction du commissariat pour rejoindre Anne.

Arrivé au commissariat, il était totalement abattu. Anne lui annonça qu'elle avait reçu un appel téléphonique de la DGSI lui annonçant qu'elle devait prendre les rênes et qu'il devait la seconder. Anne avait toujours voulu avoir ce poste, celui de diriger. Elle estimait avoir les compétences requises avec tous ses diplômes dont celui d'experte. Mais elle ne le voulait pas dans ces conditions. Elle savait aussi que c'était provisoire.

« Emilien, je suis désolée pour ce qui t'arrive. Je sais que tu n'es pas responsable de la mort de Michel. Tu es un bon policier et un bon ami » lui dit-elle en posant sa main sur son épaule.

« Merci Anne. Mais tu dois savoir que ma mère a décidé d'héberger Sarah chez elle » lui dit-il en soupirant.

« Oh non, pas ta mère ! Elle est infernale ! Elle se mêle de tout et elle n'écoute rien ! » s'exclama Anne en levant les yeux au ciel.

« Je sais, je sais. Mais tu vas devoir faire avec. Et moi aussi. »

« Tu vas diriger cette enquête et tu vas trouver cet enfoiré Anne ! »

« Tu es le meilleur sur cette affaire ! Tu connais les victimes, tu as des pistes, tu as des contacts !

C'est toi qui devrais être à ma place ! » lui dit-elle.

« Non, Anne. Tu es à ta place. Tu es une excellente policière et je te fais confiance. Tu vas trouver le coupable et le faire payer. Et je serai là pour t'aider, comme je peux. »

« Merci Emilien. Tu es un vrai ami. Et ne t'inquiète pas pour ta mère, je vais essayer de la supporter. Mais promets-moi une chose : ne la laisse pas enquêter. Elle pourrait se mettre en danger ou compromettre l'enquête. »

« Promis, Anne. Je vais la surveiller de près. Et toi, fais attention à toi aussi. Cette affaire est plus compliquée qu'il n'y paraît. Il y a peut-être plus d'un ennemi dans l'ombre » lui dit Emilien en lui souriant faiblement. Ils se prirent dans les bras et se séparèrent pour continuer leur travail.

À la maison de Simone, Archibald avait aidé à tout arranger dans le bureau pour que Sarah puisse s'installer. Un lit de camp avait été mis en place avec une petite table de chevet. Des fleurs pour rendre la chambre plus ensoleillée et plus joyeuse. Sarah était également très fatiguée et très secouée. Il fallait aussi qu'elle se repose. Simone lui expliqua que c'était l'heure de préparer le repas et qu'elle se repose en attendant.

Simone invita Archibald qui refusa l'invitation après cette longue journée, il préférait rentrer chez lui en disant qu'il repasserait demain… Simone prépara le repas du soir : une belle blanquette de veau avec du riz et des carottes. 19 h arriva et Georgette se réveilla.

« Simooonnneeeee ! » Georgette hurla depuis son lit. Elle avait une voix rauque.

« Je l'avais presque oubliée celle-là ! » Simone soupira en entendant l'appel de Georgette.

Elle quitta la cuisine où elle préparait le repas du soir et se dirigea vers la chambre de Georgette. Elle entra dans la chambre de Georgette avec un air agacé. Elle vit Georgette allongée sur le lit, couverte d'une couverture. Elle avait le teint pâle et les yeux cernés.

« Alors vieille emmerdeuse, tu es réveillée ? Je connais le refrain : Tu es groggy, vaseuse, fatiguée, et oui, tu as encore dormi beaucoup. Hormis te plaindre, manger et dormir, tu sais dire autre chose ! Depuis que tu es arrivée jeudi soir tu passes ton temps à me dire ça. »

« Mais c'est vrai Simone, je ne suis vraiment pas bien. » Georgette se redressa légèrement sur son oreiller et regarda Simone avec un regard suppliant.

« Et que veux-tu que je fasse ? Le médecin vient demain, on est dimanche aujourd'hui. Tu n'es pas à l'article de la mort, n'exagère pas ! »

Simone croisa les bras sur sa poitrine et haussa les épaules. Elle n'avait pas de compassion pour Georgette qui se plaignait sans arrêt.

« J'ai faim, Simone. »

Georgette changea de sujet et fit une moue boudeuse.

« Ça m'aurait étonné, je vais te chercher ton bol de soupe. Et ton verre d'eau pour tes médicaments ! » Simone se retourna pour sortir de la chambre. Elle n'avait pas envie de discuter avec Georgette.

« Tu pourrais m'aider à faire une petite toilette s'il te plaît ? Je sens très mauvais, j'ai de la transpiration et ça me gratte et colle de partout avant de manger et de prendre mes médicaments. » Georgette tenta une dernière requête avant que Simone ne disparaisse dans le couloir.

« Écoute, c'est vrai tu pus ! Mais tu n'es pas la seule à être en convalescence ici. Il y a une autre jeune fille à côté. Elle s'appelle Sarah. Je dois également m'occuper d'elle.

Donc je vous apporte à toutes les deux votre repas et votre verre d'eau. Ensuite, je te passerai un coup de toilette. » Simone répondit d'un ton sec en désignant la porte voisine du doigt. Elle n'avait pas le temps de s'attarder sur les caprices de Georgette.

« Elle aussi, je suppose qu'elle va manger de la soupe aux ortrijhes. » Georgette fit une remarque sarcastique en pensant au menu peu appétissant que Simone lui servait tous les jours.

« Elle au moins elle ne se plaint pas ! » Simone lança une pique à Georgette en défendant Sarah.

Simone décida d'apporter une soupe aux orties à Georgette avec un petit morceau de pain qu'elle avait acheté du matin tout frais avec un verre d'eau. Elle posa le plateau sur la table de chevet mais Georgette lui lança une autre remarque :

« Oh, mais c'est dimanche aujourd'hui, c'est le jour du Seigneur. J'ai le droit à un petit morceau de pain Simone. » Georgette remarqua le pain sur le plateau et s'en réjouit. Elle essaya de faire un sourire à Simone pour la remercier.

« Ne me cherche pas la Georgette, sinon je te le reprends. Alors ton humour tu te le gardes où que je pense !

Je suis passée à la boulangerie ce matin, voilà pourquoi tu as du pain ! » Simone rectifia Georgette et lui fit comprendre qu'elle n'avait pas à lui faire des remarques désobligeantes. Elle lui expliqua qu'elle avait fait un effort pour lui acheter du pain frais. Georgette était heureuse de pouvoir en manger. Pendant ce temps-là, Simone apporta une assiette de blanquette de veau à Sarah. Elle passa devant la chambre de Georgette, qui ne voyait pas le plat que Simone apportait à Sarah, mais le sentit.

« Et dis donc ça sent la viande. Ça sent la pomme de terre. Ça sent autre chose que la soupe d'orties. » Georgette renifla l'air et sentit l'odeur alléchante du plat de Sarah. Elle se sentit frustrée et jalouse.

« Tu as un problème avec ton odorat, tu confonds le repas et la poubelle. T'es vraiment finie ma vieille ! »

Chacune mangea dans sa pièce, Sarah et Georgette dans leur chambre et Simone dans la cuisine. Le silence régnait dans la maison, rompu seulement par le bruit occasionnel des couverts contre les assiettes. Une fois que chacune avait terminé son repas, Simone décida d'aller dans la chambre de Sarah débarrasser la vaisselle.

Sarah était éveillée, allongée avec un livre dans la main. Elle s'était énormément régalée, elle était super contente. Elle remercia Simone et elle se sentait en sécurité dans la maison. Ensuite, Simone passa voir Georgette. Cette dernière s'était encore endormie. Simone débarrassa la desserte, ramena tout à la cuisine, lava la vaisselle, la rangea. Simone pouvait enfin aller se coucher après cette rude journée. Avant cela, elle passa voir Sarah dans sa chambre pour lui souhaiter bonne nuit.

Le lendemain matin, les 3 femmes étaient réveillées. Simone se trouvait dans la cuisine. Elle préparait le petit déjeuner. Elle passa voir Sarah pour savoir si elle avait passé une bonne nuit. Et lui demanda ce qu'elle voulait prendre pour son petit déjeuner. Elle était encore commotionnée et fatiguée, elle ne pouvait pas se lever au risque d'avoir un malaise. Elle devait rester donc allongée. Sarah lui demanda un bon petit café, éventuellement un morceau de gâteau et un jus d'orange. Simone passa ensuite voir Georgette qui s'était réveillée également. Georgette, qui avait l'habitude du petit déjeuner, expliqua à Simone :

« Vas-y ! Donne-moi ma soupe d'orties avec mon verre d'eau » grommela Georgette.

« Pas de problème, je vais te l'amener mais sois plus aimable ma vieille ! »

Simone se mit à préparer le petit-déjeuner pour Sarah et Georgette. Elle fit d'abord chauffer la soupe d'orties que Georgette avait réclamée avec son verre d'eau. Et pour lui faire une surprise, elle lui posa un petit biscuit sec à côté de son bol.

« C'est un jour spécial aujourd'hui ? » dit Georgette.

« Et pourquoi donc ? » demanda Simone d'un ton bougon.

« J'ai le droit à un petit biscuit » répondit Georgette ironiquement.

« Arrête de te foutre de moi ! Tu as de la chance d'avoir quelque chose à te mettre sous la dent. J'ai été généreuse car il me restait des biscuits et je me suis dit que tu serais reconnaissante mais non ! Il faut encore que tu sois désagréable avec moi vieille sorcière ! » Simone repartit dans la cuisine chercher le plateau du petit déjeuner de Sarah. Elle lui avait préparé ce que Sarah lui avait demandé. En passant devant la porte de Georgette, celle-ci aperçut un verre de jus d'orange, une tasse de café et des viennoiseries. Elle envia aussitôt le petit déjeuner qu'elle aurait tant aimé avoir.

« Mais dis donc, tu te fiches de moi, Simone ? » Simone posa le plateau sur la table de chevet de Sarah et ressortit de la chambre pour aller voir Georgette.

« Qu'est-ce que tu viens de dire ? Répète vieille mégère ! »

« Tu viens de passer avec du café, du jus d'orange, des gâteaux. Et moi, tu me donnes une soupe ? »

« C'est toi qui m'as demandé une soupe, je n'ai fait que suivre tes envies. Tu n'as vraiment pas honte, toi ? » répliqua Simone.

« Est-ce que je pourrais avoir un café s'il te plaît, Simone ? » demanda Georgette d'une voix mielleuse.

« C'est trop tard maintenant Georgette ! Tu m'as demandé une soupe d'orties, je te l'ai servie. Il fallait me demander un café dès le début et je te l'aurais apporté. »

« Mais quand je te demande un café, tu me dis qu'il n'y en a plus » protesta Georgette.

« Non ! Nuance, je n'en avais plus, mais maintenant j'en ai ! »

« Et pourquoi tu ne me l'as pas dit dès le début que tu en avais avec des petits gâteaux ou du jus d'orange ? »

« Tu ne m'as pas laissé le temps de te le dire, tu m'as tout de suite demandé ta soupe d'ortie » se défendit Simone.

« Tu es vraiment cruelle ! Simone. »

« Oh là, la Georgette ! Tu vas arrêter de râler. Je t'héberge gentiment chez moi, je te nourris. Un monstre ne t'aurait pas accueilli, ne t'aurait pas donné à manger. Alors je te demanderai d'avoir un peu plus de respect pour moi. Bon appétit Georgette » dit Simone en s'éloignant.

« Et quand est-ce que je me lave Simone ? On est dimanche et je ne suis pas lavée depuis jeudi soir » cria Georgette.

« Après ton petit déjeuner » répondit Simone qui était dans la cuisine.

« Mais à chaque fois que tu dis ça, tu ne me laves pas. Tu ne m'aides pas à me laver ! »

« Ce n'est pas ma faute si tu t'endors ! » Tous prirent leur petit déjeuner tranquillement. Et une fois de plus, Simone retourna vers la chambre de Sarah pour ramasser les couverts.

Elle aida Sarah à se lever et à aller dans la salle de bain. Elle avait installé une chaise dans la salle de bain pour que Sarah puisse s'y asseoir avec tout ce qu'il faut pour se faire une petite toilette. Elle alla ensuite dans la chambre de Georgette pour ramasser aussi les couverts. Et Georgette s'était rendormie. L'infirmière et le kinésithérapeute arrivèrent chez Simone pour s'occuper de Georgette. Ils trouvèrent Georgette endormie dans son lit. L'infirmière lui fit une piqûre et commença à s'inquiéter de ses longs sommeils. Le kinésithérapeute ne pouvait pas faire son travail avec Georgette qui ronflait. Ils interrogèrent Simone sur l'état de Georgette. Simone leur répondit qu'elle n'était pas médecin et qu'elle ne savait pas pourquoi Georgette dormait autant. Elle lui donnait à manger le matin, le midi et le soir. L'infirmière attendait avec impatience les résultats de la prise de sang. Elle soupçonnait quelque chose de grave. Ils remarquèrent aussi qu'il y avait une autre personne chez Simone qui était réveillée et qui lisait un livre dans sa chambre. Ils lui posèrent quelques questions. Sarah leur répondit le plus honnêtement possible en expliquant que tout se passait très bien ici et que Simone était très gentille. Elle lui apportait le petit déjeuner, le repas du soir ainsi qu'à la femme dans l'autre chambre. Ils repartirent perplexes.

Dans la matinée, Archibald était venu pour prendre des nouvelles également de Georgette. Et Simone lui raconta qu'elle dormait encore. Archibald commença lui-même à se faire du souci à chaque fois qu'il venait, Georgette dormait. Il prit des nouvelles de Sarah qui allait beaucoup mieux. Quant à Simone, son comportement était normal. Elle ne voyait pas où se trouvait le problème. Georgette voulait dormir, elle la laissait dormir. En partant, Archibald décida de passer au commissariat. Il voulait parler à Émilien de son inquiétude sur Georgette qui dormait à chaque fois qu'il venait. Émilien avait également constaté ce sommeil profond de Georgette mais il ne s'en faisait pas. Émilien lui expliqua que le médecin et l'infirmière passaient très régulièrement et que s'il y avait le moindre souci, ils auraient donné l'alerte. Il attribuait cela au fait que Georgette avait eu quand même un grave accident. C'était peut-être le choc. Le midi arriva. Encore une fois, comme d'habitude, Georgette avait pris son repas du midi et s'était endormie aussitôt. Quant à Sarah, elle avait mangé et se reposait dans sa chambre. Simone était allée la voir pour lui dire de noter sur papier tout ce dont elle se souvenait lors de cette soirée, les souvenirs étaient flous. Sa mémoire lui faisait défaut.

Le moindre petit indice, le moindre petit détail pouvait avoir son importance. La sonnette de la maison de Simone retentit. Quand Simone ouvrit la porte, elle vit les 3 gendarmes. Simone était sereine, elle leur fit signe d'entrer.

« Bonjour madame. Nous avons appris que Sarah était hébergée chez vous. C'est la femme de notre collègue décédé. Nous voudrions lui exprimer nos condoléances. Est-ce que nous pouvons la voir ? »

« Mais bien sûr, je vous en prie, suivez-moi. »

Elle les conduisit directement dans la chambre de Sarah. Les 3 hommes lui présentèrent leurs sympathies. Ils lui dirent qu'ils avaient découvert que son mari n'avait pas eu un accident, mais avait été assassiné. Et ils lui demandèrent si elle se rappelait d'un moindre petit détail.

« Vous avez un souvenir, quelque chose ? »

« Non, rien, je suis désolée. »

« Vous savez sur quoi il enquêtait en ce moment ? »

« Non, je n'en savais absolument rien ! Ça faisait une semaine qu'on était arrivé et je ne savais même pas qu'il avait déjà une affaire en cours et qu'il était sur une piste. Nous n'avions pas du tout parlé de ça. »

« Vous savez, le type qui a tué un des nôtres va le payer très cher. J'espère bien qu'on va le retrouver bientôt. On va vous laisser vous reposer, nous allons y aller. »

« Merci. Bonne journée messieurs et merci d'être venus me voir. »

Ils s'en allèrent. Sarah était très mal à l'aise. Une peur au fond d'elle, elle tremblait. Elle regarda Simone en lui disant.

« Et dire que peut-être parmi ces 3 gars, il y a peut-être le meurtrier de mon fiancé ? »

« C'est possible, comme peut-être pas. Tiens donc, il y en a un qui a oublié son bracelet. Il a dû se détacher de son poignet. Ah oui, en effet. On voit que le fermoir ne tient pas bien. »

« Faites voir ! Ah mais je reconnais ce bracelet. Vendredi, je l'ai vu au poignet de Franck. »

« Bon, je vais aller le lui rendre. En attendant, reposez-vous et ne vous inquiétez pas, si la vieille d'à côté se réveille, vous lui dites que je suis partie et qu'elle attende mon retour. »

« Vous ne l'aimez pas beaucoup, Simone ? »

« Oh, c'est plus que ça, Sarah. C'est plus que ça ! Je prends mon vélo, à tout à l'heure. »

Simone enfourcha son vélo et se mit à pédaler en direction de la maison de Franck. Grâce à Sarah, qui avait ses coordonnées suite au repas de vendredi soir, elle arriva chez lui après 25 minutes de vélo. Elle sonna à la porte. Et la femme de Franck lui ouvrit. « Bonjour madame ! »

« Bonjour, je me présente, Simone. Je m'excuse de vous importuner. Votre mari et ses 2 collègues sont passés chez moi tout à l'heure. Pour prendre des nouvelles de Sarah et lui transmettre toutes leurs condoléances pour son conjoint Michel décédé. Et visiblement, le bracelet de votre mari s'est décroché de son poignet sans qu'il s'en aperçoive et je suis venue le lui ramener. »

« Je vous en prie, entrez. Je m'appelle Christelle. Alors comment va cette chère Sarah ? Je l'avais rencontrée vendredi soir à la soirée. Mon mari m'a raconté ce qu'il lui était arrivé à elle et à son fiancé. »

« Ça va mieux, elle se remet doucement. Je suis curieuse de savoir quelque chose ? »

« Je vous en prie, dites-moi. »

« Je me demande comment un gendarme d'une brigade d'Angoulême peut s'offrir un bracelet de luxe ? »

« Mais madame, qu'est-ce qui vous permet de me poser des questions indiscrètes chez moi ? »

« Sarah est une jeune fille intelligente et gentille et sa vie est menacée par une personne des forces publiques. »

« Je ne comprends pas ! »

« Moi non plus ! Mais je pense que si je contacte la police des polices, comme tout citoyen peut le faire, afin d'expliquer que votre mari achète des bracelets de luxe avec un salaire comme le sien, on comprendrait peut-être mieux les choses ! »

« Ce malentendu va être très vite éclairci. Mon beau-père Fabien a fait fortune dans l'immobilier. Il a offert ce bracelet à mon mari car mon mari l'aide parfois. Un militaire part à la retraite bien avant et mon mari pense à sa reconversion, il travaillera avec son père qui gâte d'ailleurs sa famille ainsi que ses petits-enfants. Ah d'ailleurs, le voilà. C'est lui qui est allé chercher ses petits-enfants à l'école. »

Le grand-père entra avec ses 2 petits garçons.

« Salut Christelle, je te ramène les 2 petits. Bonjour madame. »

Un enfant se dirigea vers sa mère pour lui faire un gros câlin et pour lui montrer le dessin qu'il avait fait à l'école. Il avait dessiné toute sa famille, son père, sa mère, son petit frère et son grand-père. Son père, habillé en gendarme, tout en bleu avec un insigne. Sa mère avec un beau tailleur tout en rose. Son grand-père avec une belle chemise rouge et une étoile, celle qu'il porte pour le travail avec son logo. Et son petit frère avec sa tenue d'école.

« Je te présente Simone. Elle est venue rapporter le bracelet de Franck. Il est passé chez elle, elle héberge Sarah, la fiancée de Michel. »

« Ah oui, le couple qui était là vendredi soir. Mon fils m'a expliqué que malheureusement son collègue était décédé et que sa fiancée avait été blessée. Comment va-t-elle ? »

« Elle fait sa convalescence chez moi et commence à se rétablir. »

« Très bien, désolé, mais j'ai du travail, je dois repartir. Bon courage. »

« Je vais en faire autant. Je vous remercie messieurs dames, au revoir » dit Simone.

Simone enfourcha son vélo et reprit le chemin de sa maison.

« Me voilà de retour ! » dit Simone en entrant.

Elle se dirigea vers la chambre de Sarah, la jeune femme qu'elle hébergeait depuis quelques jours.

« Alors, comment tu te sens ? »

« Bien, merci. Ton amie dort toujours à poings fermés et moi, j'ai consigné par écrit tout ce dont je me rappelais. Le moindre indice, le moindre détail » lui répondit Sarah.

« Très bien, je vais nous préparer quelque chose à manger, on se régale et ensuite tu me montreras ça » dit Simone en souriant.

Elle se rendit à la cuisine et décida de faire une bonne soupe de légumes, suivie d'un morceau de merlu qu'elle avait acheté au retour à la poissonnerie. Une fois le repas prêt, elle entendit Georgette se réveiller.

« C'est incroyable ! Elle est fatiguée mais bon diou, elle n'a pas le nez bouché celle-là ! »

« Simoooneee !!! » hurla Georgette depuis sa chambre.

« Quoi encore, Georgette ? » lui demanda Simone en se rendant auprès d'elle.

« Je veux que tu appelles le médecin, je ne me sens pas bien du tout, ce n'est pas normal que je dorme autant » se plaignit Georgette.

« Le médecin est déjà passé, ainsi que l'infirmière. Ils ont dit que tu avais une tension un peu basse, mais rien de grave. Et demain tu auras les résultats de ta prise de sang. On verra bien ce qu'ils diront. Mais moi je te trouve en pleine forme. Je pense que tu en fais un peu trop. Tu aimes te faire plaindre ! »

« Mais non, Simone, je te jure que je suis vraiment malade. Je n'en peux plus de cette vie ! » gémit Georgette.

« Eh bien moi non plus tu sais et surtout de toi ! » répliqua Simone sèchement.

« Je suppose que ce soir je vais encore avoir droit à ta soupe d'orties ? » lança Georgette avec dédain.

« Ah non, il n'y en a plus, tu as tout fini la dernière fois. Ah vaut mieux t'avoir en photo qu'à table ! Tu manges bien à la cantine, toi ! Alors j'ai fait une soupe de légumes. »

« Ah, ça me changera un peu » dit Georgette avec un semblant d'enthousiasme.

« Nous allons toutes manger de la soupe ce soir, Sarah ne râle pas, moi non plus, tu es la seule à faire ta difficile ! » lui reprocha Simone.

« Mais je ne râle pas, au contraire ! Je pense que je vais me régaler ! »

« Bon, tu vois ? Je ne suis pas si méchante que ça ! Je t'apporte ton repas dans 10 minutes, le temps de terminer quelques bricoles » dit Simone en quittant la chambre.

Simone prépara les plateaux pour Sarah et Georgette. Elle apporta à Georgette sa soupe de légumes avec un verre d'eau et à Sarah sa soupe de légumes avec un verre d'eau pour ses médicaments, mais aussi un morceau de merlu accompagné d'une mayonnaise faite maison. Les trois femmes mangèrent chacune dans leur chambre. Une heure plus tard, Simone débarrassa la chambre de Sarah qui la remercia chaleureusement pour ce repas délicieux. Elle se rendit ensuite dans la chambre de Georgette qui s'était rendormie aussitôt après avoir mangé sa soupe. Une fois la vaisselle faite et rangée, Simone s'assit à côté du lit de Sarah pour lire tout ce qu'elle avait écrit. Pendant ce temps-là, Emilien avait décidé de rechercher Charlie sans l'accord d'Anne.

Il ne connaissait que son prénom et un élément distinctif : il avait l'index coupé au niveau de la phalange. Il ne devait pas y avoir beaucoup d'hommes avec ce prénom et ce handicap. Il fit le tour des endroits où les cambriolages avaient eu lieu et posa des questions. Il était très nerveux et très en colère. Sa persévérance finit par payer. Il rencontra l'indic de Michel. Celui-ci lui expliqua…

« Je ne savais pas que Michel était mort. Et encore moins qu'il était flic ! »

« Eh bien maintenant tu le sais, tu as intérêt à tout me dire ! »

« C'est un flic qui me rémunère. Pour que je lui fournisse des adresses de tous les magasins qui sont faciles à dévaliser. Sans système d'alarme ni caméra de surveillance. Je repère les cibles. Et ensuite je lui transmets les infos et il me paie. C'est tout. La bande qui fait les casses, je ne la connais pas. Et ce flic non plus, je ne connais pas son nom. »

« Tu l'as déjà rencontré ? »

« Oui, je l'ai vu, mais je ne sais pas comment il s'appelle, Il m'a juste dit qu'il était flic. Et qu'il avait besoin de renseignements, il voulait attraper des cambrioleurs qui volaient des télévisions, des cassettes VHS et du matériel hi-fi. »

« Et quand vous vous voyez, c'est où ? »

L'homme ne voulait pas répondre.

« Écoute-moi bien. Si tu ne veux pas que je te casse les os, réponds car je n'hésiterai pas ! »

« D'accord. On se retrouvait dans un entrepôt. »

« Très bien. Tu vas m'y conduire. »

« Ah non, je n'ai pas envie de le voir. Il va croire que je suis une balance ! Et puis ce soir, il n'y aura personne à l'entrepôt. »

« Ça, je m'en fiche ! Ce n'est pas mon problème maintenant, tu montes dans la voiture et tu me guides. On attendra devant toute la nuit s'il le faut. »

Emilien remonta dans la voiture avec ce fameux Charlie. Et ils se dirigèrent vers l'entrepôt, en arrivant devant, il était fermé et désert, il décida de rester dans la voiture toute la nuit avec ce Charlie qu'il avait menotté pour qu'il ne s'échappe pas.

Simone se mit à côté de Sarah et lui montra ce qu'elle avait écrit.

« *Je suis sortie, il faisait noir. Je me suis approchée de la voiture et j'ai regardé par la vitre du côté conducteur. J'ai vu Michel, le sang coulait derrière son cou. Il était d'un rouge sombre, presque noir comme brûlé. Et sur la vitre côté passager, il y avait du sang aussi, mais plus clair. J'ai vu un F et un R. Puis, j'ai eu un mal de tête atroce, je me suis évanouie en regardant les étoiles du ciel en dernier.* »

« Le sang, noir, rouge foncé, comme brûlé... Ce F et R. Je ne comprends pas, Simone. »

« Mais bien sûr !!! Moi, je crois que je sais ce qui s'est passé. Mais il faut que j'aille au commissariat, que je parle à Anne demain matin. Je vais me lever tôt, je vais préparer notre petit déjeuner et celui de Georgette et je vais filer discrètement. »

Chapitre 5

Le lendemain matin, Simone s'était levée très tôt. Elle avait préparé le petit déjeuner pour Sarah : du café, des gâteaux, un jus d'orange. Elle était allée voir Georgette qui était réveillée. Cette fois-ci, elle ne s'était pas trompée.

« Tu peux me faire un café, Simone ? Avec des petits gâteaux. »

Simone, pressée et ne voulant pas se disputer avec Georgette, lui apporta la même chose qu'à Sarah : un café, des gâteaux, un jus d'orange et un verre d'eau pour ses médicaments.

Simone prit sa douche, s'habilla et avant de partir, elle voulut ranger un peu. Elle débarrassa la table de Sarah. Elle essaya de faire la chambre de Georgette mais celle-ci s'était rendormie. En sortant son vélo de la grange, elle vit arriver l'infirmière et le médecin, ainsi qu'Archibald.

« Simone, où vas-tu ? » lui demanda Archibald.

« Je dois partir, mais je reviens vite. Attend-moi à la maison, c'est très important. »

Le docteur et l'infirmière insistèrent pour que Simone reste, car ils avaient besoin d'éclaircissements.

« Je vous ai dit n'avoir pas le temps » répliqua-t-elle.

« Mais madame, nous avons prévenu la police » lui dirent-ils.

« Et alors, je m'en fiche. D'ailleurs, j'y vais ! Vous souhaitez que je leur transmette un message ! » lança Simone en enfourchant son vélo et en s'éloignant.

Le médecin, l'infirmière et Archibald, qui était venu prendre des nouvelles de Sarah, virent Georgette toujours endormie. Ils interrogèrent Sarah sur ce qui s'était passé.

Sarah ne remarqua rien d'anormal chez Simone, qui avait été aux petits soins avec tout le monde. Ce qui ne correspondait pas aux accusations du médecin et de l'infirmière, qui avaient reçu les résultats de la prise de sang de Georgette et qui étaient très inquiétants. Il y avait des traces d'empoisonnement. Simone arriva donc au commissariat, mais Emilien n'y était pas. C'était Anne qui l'accueillit. Elle lui raconta ce que Sarah lui avait dit sur le meurtre de Michel. Mais Anne venait de recevoir un coup de téléphone du médecin qui s'occupait de Georgette, lui faisant part de ses soupçons d'empoisonnement et accusant Simone, qui se trouvait déjà au commissariat. Anne n'écouta pas Simone et lui exposa les faits que lui reprochaient le médecin et l'infirmière. Elle avait essayé de joindre Emilien par politesse, mais il ne répondait pas.

« Alors Simone, vous allez peut-être m'expliquer ce qui se passe. Le médecin et l'infirmière m'ont appelée et vous accusent d'empoisonnement » dit Anne.

« Je n'en ai aucune idée, moi ! Je veux vous révéler le nom du meurtrier de Michel ! J'ai percé le mystère ! » hurla Simone.

« Ah, oui, Simone. Comme si vous aviez le flair d'un détective.

Vous avez encore fourré votre nez où il ne fallait pas. Aujourd'hui, vous êtes soupçonnée d'avoir empoisonné Georgette. Et franchement, ça ne m'étonne pas, vous ne pouviez pas la supporter, n'est-ce pas ? »

« Mais vous délirez complètement, je lui ai rendu service, je l'ai hébergée, je me suis occupée d'elle. Peut-être qu'il y a eu une erreur dans les analyses de sang, vous y avez pensé ? »

« Bien sûr. Allez, Simone. Avouez pourquoi vous avez empoisonné Georgette ? Dites-moi tout. Vous aurez peut-être droit à un peu de clémence. »

« Mais vous allez me faire chier longtemps avec votre empoisonnement ? Vous avez fait des études, mais vous êtes incapable de résoudre une enquête sans faire chier le monde. »

« Là, vous dépassez les bornes, Simone, je veux bien être indulgente avec vous parce que vous êtes la mère d'Emilien. Mais insulter un policier, ça va vous coûter très cher. »

« Oh, la ferme, Anne. Vous allez m'écouter pour Michel ou pas ? »

« Non, je veux savoir ce qui s'est passé avec Georgette ? »

« Mais quelle conne celle-là ! Est-ce que je peux appeler mon fils ? »

« Insulte à agent ? Vous allez y répondre au Tribunal Simone ! En attendant, j'ai déjà contacté Emilien, et malheureusement, il ne répond pas. Et c'est moi qui commande ici. Pas lui ! »

« Je vous préviens, Anne, s'il arrive quelque chose à mon fils, je vous tiendrai pour responsable. Aujourd'hui, il devait retrouver l'indic de Michel. Et s'il l'a retrouvé, il va peut-être se tromper de cible, il risque de faire une bêtise. Et si vous croyez que je plaisante, pas du tout ! »

Voyant Simone très sérieuse, Anne décida de l'écouter.

« Très bien, Simone. Je vous écoute. »

« Est-ce que vous pouvez appeler votre machin DG.... quelque chose et demander à la personne qui communique avec Emilien des informations ! »

Simone lui raconta une partie de l'histoire, sans entrer dans les détails. Anne fut touchée par le récit de Simone. Elle appela Paul pour obtenir plus de renseignements. Une fois les infos en main. Elle se leva et décida d'emmener Simone en cellule, mais celle-ci lui dit qu'elle ne lui avait pas tout dit et qu'elle ne pourrait pas arrêter le meurtrier de Michel sans son aide. Anne n'était pas du tout ravie de cette proposition, mais elle dut se rendre à l'évidence qu'elle n'avait pas le choix. Elles montèrent dans la voiture et se dirigèrent vers l'entrepôt où se trouvaient Emilien et Charlie. Des bruits de pas se faisaient entendre. Emilien sortit de la voiture avec Charlie, entra dans l'entrepôt et se rendit jusqu'au bureau. Il y trouva Franck, assis derrière un bureau.

« Emilien, qu'est-ce que tu fais là ? Je ne comprends pas. »

« Tu le reconnais, lui ? C'est Charlie, ton indic ! C'est lui qui te filait toutes les adresses pour que tu puisses faire tes cambriolages. »

« Mais ça va pas, Emilien ? Tu es complètement parano ! »

« Charlie, c'est bien à lui que tu donnais des informations ? »

« Ben, je ne sais pas trop, il faisait toujours sombre quand je le voyais. »

« Charlie, arrête de me prendre pour un con ! »

« Mais c'est la vérité. Et je suis presque sûr que ce n'est pas lui que je renseignais. »

« Il est sympa, ton Charlie, tu vois ? Il essaie encore de te couvrir. Pourquoi t'as tué Michel ? Pourquoi t'as fait ça ? »

« Mais je te jure, Emilien, que je n'ai tué personne. Tu es en train de délirer. Arrête. »

« C'est à cause de toi qu'il est mort. Je devais le protéger, et j'ai été suspendu à cause de toi. Emilien sortit son arme et la pointa vers Franck. Maintenant, tu vas me dire la vérité ! »

Anne et Simone arrivèrent sur les lieux. Elles virent Émilien, le pistolet braqué sur Franck.

« Non, Émilien, non, ne fais pas ça ! » s'écria sa mère.

« Arrête, Émilien, » supplia Anne.

« Il a tué Michel et il refuse d'avouer » répliqua Émilien.

« Ce n'est pas lui. Pose ton arme et range-la » insista Anne.

« Écoute ton adjointe et ta mère, Émilien. Je te le répète, je suis innocent. Tu es complètement à côté de la plaque ! » se défendit Franck.

« Pas tant que ça, monsieur » intervint Simone. Émilien regarda Anne et sa mère, perplexe.

« Mais qu'est-ce que vous fichez ici ? Et comment vous avez trouvé l'adresse ? »

« Remercie ta mère, elle a mis son nez comme d'habitude, et elle t'a évité de commettre une erreur irréparable ! » ironisa Anne.

« Maman, tu peux m'expliquer ? » sollicita Émilien.

« Il y avait une autre personne au courant de l'affaire, en plus des trois gendarmes. Une personne qui entendait tout et qui savait tout » révéla Simone.

« Qui ça ? » s'enquit Émilien.

« Je remarque qu'il y a un autre bureau à côté du vôtre, monsieur Franck, si vous me permettez de vous appeler ainsi » dit Simone en se tournant vers lui.

« Oui, c'est le bureau de mon père » confirma Franck.

« Ouvrez la porte, s'il vous plaît » ordonna Simone. Franck obéit et ouvrit la porte. Derrière son bureau, se trouvait son père Fabien, surpris de voir tout ce monde. Il sortit de son bureau, quitta la pièce et rejoignit le groupe.

« Mais que se passe-t-il ici ? » s'interrogea-t-il.

Charlie le reconnut aussitôt. C'était lui qui l'avait payé pour espionner les magasins.

« C'est lui le flic ! » s'exclama Charlie en le désignant du doigt.

« On ne se connaît pas, vous faites erreur » nia Fabien.

« Ah si ! Vous m'avez dit être policier et que vous aviez besoin d'informations car vous recherchiez les cambrioleurs et qu'il fallait que je jette un œil à droite et à gauche et que je vous donne tous les magasins qui n'avaient pas d'alarme ni de caméras de surveillance ! Je sais très bien ce que vous m'avez dit et ce que vous m'avez demandé ! » accusa Charlie.

« Dites-nous comment vous avez tué Michel ? » demanda Simone.

« Mais ma chère madame, vous avez une imagination débordante ? »

« Détrompez-vous ! Vous avez quitté la réception avant Michel et Sarah car vous aviez taché votre chemise de sauce tomate, cela vous donnez une excuse pour partir, prétextant devoir la changer. En réalité, vous saviez que le rendez-vous avait lieu sur le parking du restaurant.

Charlie vous l'a dit, il devait vous fournir des informations sur des gars qui cherchaient à faire des cambriolages. Et justement, Michel était un policier infiltré dans ce milieu. Sauf qu'il n'a jamais révélé son vrai nom à Charlie. Il a dit qu'il s'appelait Marco et qu'il voulait se faire de l'argent facile en participant aux cambriolages. Alors Charlie vous a transmis cette information et vous a décrit l'homme. Lors de la réception, vous avez reconnu Michel et vous avez compris qu'il était un agent sous couverture. D'ailleurs, votre fils vous a sûrement parlé d'un nouveau policier qui était arrivé. Vous en avez déduit que c'était lui. Vous êtes donc allé au parking du restaurant. Et vous avez attendu que Michel sorte. Michel est monté dans sa voiture, côté conducteur. Vous l'attendiez, vous avez ouvert la portière et vous l'avez frappé à la tête avec un objet contondant. Ensuite, Sarah est arrivée. Elle a vu Michel ensanglanté, vous l'attendiez également et vous vous êtes approché pour la frapper. Vous vouliez aussi la tuer. Un élément revenait à Sarah en mémoire. Le sang ! Mais elle le dit bien, du sang noir, brûlé. »

« Simone, je suis parti plus tôt, mais c'était pour faire visiter une maison à un client. Je suis même repassé chez moi. »

« Et vous allez nous dire que le client n'est pas venu, que personne n'a visité la maison et que vous avez attendu longtemps votre client dans la voiture ? Et je parie que si la police cherche, elle ne trouvera jamais votre client qui devait visiter cette maison » dit Simone.

« Arrêtez de nous faire perdre notre temps, monsieur Revaut Fabien. Nous avons toutes les preuves. C'est fini » rétorqua Anne.

Résigné, Fabien Revaut regarda Simone. Il lui demanda comment elle avait su.

« Comme je vous l'ai dit, Sarah s'est souvenue d'un détail important. Elle a vu du sang brûlé. Je me suis rappelé que quand j'étais chez votre belle-fille pour ramener le bracelet de votre fils Franck, vous êtes arrivés avec vos deux petits-enfants. Votre petit-fils a montré un dessin. Il avait dessiné toute sa famille. Vous aviez une chemise rouge avec le logo de votre agence : une étoile blanche. Mais le rouge que Sarah voyait à travers la vitre côté passager, c'était la couleur de votre chemise, l'étoile blanche, Sarah a pensé aux étoiles dans le ciel mais c'est votre étoile blanche que Sarah a vue. Quant aux lettres F et R, nous avons pensé aux initiales correspondant à la France que portent les forces de l'ordre sur leur insignes.

En réalité, ce sont vos propres initiales : Fabien Revaut. Et puis Anne a téléphoné à la DGSI. Ils ont vérifié les adresses des cambriolages et si vous aviez un entrepôt. Et justement, votre entrepôt se trouve à chaque fois à quelques kilomètres des cambriolages. Et je suis sûre que si on fouille un peu plus, on va retrouver tous les objets volés des cambriolages. J'y ai pensé quand votre belle-fille Christelle m'a dit que vous aviez fait fortune dans l'immobilier. Quelqu'un qui est dans l'immobilier doit bien avoir un entrepôt quelque part. Et nous sommes là » dit Simone.

« Émilien, je te laisse l'arrêter » dit Anne.

« Comment as-tu pu faire ça, papa ? Comment as-tu pu ? » s'écria Franck.

« L'immobilier est en crise. Je n'arrive plus à vendre une seule maison, rien du tout ! C'est très dur. Si je voulais maintenir mon niveau de vie, gâter mes petits-enfants et montrer que j'avais encore de l'influence, il me fallait de l'argent. Alors j'ai recruté des voyous pour ces cambriolages » avoua Fabien.

« Emmène-le, Émilien. Je suis tellement désolé, dit Franck. Tu pensais qu'il y avait une taupe ? Et on croyait que tu délirais. Et tu avais raison. Mais jamais je n'aurais imaginé que c'était mon père.

Je vous jure, je n'ai pas volontairement transmis des informations pour qu'il fasse ce genre de choses. Je ne savais pas. Quand le soir, je partais avec toi et les gars pour arrêter ces délinquants en flagrant délit. Je le disais à mon père et à ma femme mais je ne pensais pas un seul instant faire du mal. »

« Ne t'en fais pas. Ce n'est pas de ta faute. Lui dit Émilien, je ne t'en veux pas ! Tu t'es fait autant avoir que moi. Je suis navré pour ton père, vraiment navré. »

Tous s'en allèrent, un peu abattus. Anne décida de rester pour attendre une équipe qui devait venir fouiller tout l'entrepôt. Et il était rempli de marchandises volées. Cassette VHS, télévision hifi. Simone, était montée en voiture avec son fils Émilien, qu'il raccompagnée chez elle.

Dans la voiture, Émilien reçut un coup de fil d'Anne. Elle lui annonça que toute la marchandise volée était bien dans l'entrepôt. Elle lui ordonna aussi de garder sa mère au commissariat de police car elle était accusée d'empoisonnement.

Émilien n'en fit qu'à sa tête et raccompagna sa mère. Arrivé chez Simone, il lui demanda des explications.

« Qu'est-ce que c'est que cette histoire d'empoisonnement ? »

« Je n'en sais rien, le médecin et l'infirmière disent que j'ai empoisonné Georgette, on se déteste, mais de là à la tuer ! C'est n'importe quoi ! »

« Ils ont bien une preuve, ils n'accusent pas les gens comme ça pour le plaisir. »

« Apparemment, si. Va voir Georgette, elle va te dire que je ne l'ai pas empoisonnée. » Georgette ronflait encore, elle ne s'était pas réveillée.

« Maman, elle dort encore. Et puis ça sent la mort dans cette chambre, tu ne la laves jamais ? »

« Non mais oh ! Elle passe son temps à dormir toute la journée la bigue ! Je ne vais pas me casser le dos à la traîner dans la salle de bain. »

« Tu ne serais pas en train de la négliger ? »

« Mais non ! Sarah est dans la chambre d'à côté. Va lui poser toi-même les questions. »

Émilien se dirigea vers la chambre de Sarah pour lui poser des questions. Cette dernière lui raconta que Simone leur donnait le petit déjeuner, le déjeuner, le dîner. Elle l'avait aidée à aller dans la salle de bain. Elle avait mis une chaise.

Elle ne voyait pas ce qui se passait dans la chambre de Georgette parce qu'elle ne bougeait pas de son lit. Mais une chose était sûre, elle avait bien ses repas matin, midi et soir. En effet, elle s'apercevait que Georgette dormait. Mais elle n'avait jamais vu Simone lui faire du mal.

« Tu vois ? C'est une erreur, je suis victime d'une erreur judiciaire ! » dit Simone.

Anne, qui était revenue au commissariat de police, ne vit pas Simone dans les locaux. Elle décida de se rendre chez elle. En arrivant, elle lui dit qu'elle était maintenant en garde à vue, qu'elle avait tous les pouvoirs et qu'elle devait lui obéir. Et qu'Émilien ne pourrait rien faire, il était devenu son subordonné. Elle regarda Simone et lui dit.

« Simone, je vous arrête pour empoisonnement, vous allez me suivre. »

« Anne, tu plaisantes ? C'est ma mère. D'accord, elle ne peut pas sentir Georgette. Mais de là à l'empoisonner, tu dérailles complètement ? »

« Ce n'est pas moi, Émilien ! Ce sont le médecin et l'infirmière qui le disent. Ils ont des preuves que Georgette a été empoisonnée. Et la seule personne qui s'occupe de Georgette, c'est ta mère. Ils disent que son état ne s'est pas amélioré, mais qu'il s'est au contraire dégradé. Le kiné n'a même pas fait un seul soin, une seule rééducation à Georgette depuis qu'elle est chez ta mère. L'infirmière n'a même pas eu le temps de parler avec Georgette, tellement qu'elle dort tout le temps. Le médecin, c'est pareil. »

« Sous prétexte qu'elle dort, ça pose un problème. »

« Ce n'est pas ça qui pose problème, ce sont ses analyses de sang. Elle a du poison dans le sang. Alors j'aimerais savoir ce que ta mère lui a donné ? »

« Bonjour la bécasse incompétente ! » dit Simone.

« Simone, attention ! Insulte à un agent de police, ça va vous coûter cher ! »

« Et vous ? Harcelez de pauvres personnes âgées, les accusez à tort et les mettre en prison. Ça va chercher où ? Depuis que vous êtes ici, vous ne faites que foutre la merde. Alors au lieu de jouer la bécasse incompétente, faites votre travail ! »

« Allez hop Simone, je vous embarque » s'empressa Anne en colère.

« Oh non ! Je ne bougerai pas de chez moi et si vous voulez m'emmener, il va falloir me traîner.

Et si vous touchez une femme âgée et vulnérable, je porte plainte contre vous pour coups et blessures parce que vous n'aviez pas le droit. »

« Je vais finir par vous plaquer au sol pour résistance à l'autorité. Et vous mettre les menottes dans le dos, c'est ça que vous voulez Simone ? »

« Écoute Anne, dit Emilien. Pourquoi ne pas attendre que Georgette se réveille et lui demander ce qu'il se passe ? Je ne crois pas une seconde que ma mère l'ait empoisonnée. »

« Ah mais oui bien sûr Émilien ! Parce que Georgette va nous dire gentiment que Simone l'a empoisonnée le matin, le midi et le soir. Et d'abord, qu'est-ce que tu en sais ? Je ne suis pas médecin certes, mais enfin bon, je pense que le médecin et l'infirmière savent quand même ce qu'ils disent. »

« On a toujours travaillé ensemble. J'aimerais beaucoup voir ses résultats d'examen. »

« Oh mais si tu veux le dossier, je l'ai avec moi, je vais te le montrer. Et c'est accablant. »

Anne alla chercher le dossier dans la voiture, pendant ce temps-là Archibald parla avec Émilien et lui non plus ne croyait pas un instant que Simone ait pu empoisonner Georgette malgré leur différend.

Simone, elle, était rentrée dans la maison. Anne revint et montra à Émilien les analyses :

« Comme tu peux le voir, ici, les globules rouges sont déjà au ras des pâquerettes. Ici, le médecin a entouré le taux d'empoisonnement. »

« Et alors ? Ça ne prouve pas qu'il y a empoisonnement, il y a juste des chiffres en gras et moi, j'y pige que dalle ! »

« Eh bien, écoute, appelle le médecin et l'infirmière qui vont te le confirmer et que ta mère explique pourquoi Georgette roupille tout le temps ? »

Le téléphone d'Emilien et d'Anne retentit soudainement, interrompant le débat. Ils se regardèrent, leurs yeux se rencontrant dans une compréhension silencieuse. « C'est la DGSI ! » dit Emilien avec une pointe d'excitation dans sa voix. Ils décrochèrent tous les deux, le cœur battant à l'unisson. Une voix familière annonça à Anne qu'Emilien, son collègue, reprenait son poste. Un sentiment de soulagement l'envahit. De son côté, Emilien eut l'annonce qu'il n'était plus suspendu et reprenait les rênes du commissariat. On le félicita pour son enquête minutieuse et déterminée.

« Anne, navré, tu me reseconde ! » dit Emilien avec un sourire en coin.

« On vient de me le dire, aucun souci avec ça Emilien, bien au contraire, je suis ravie » répondit Anne avec un sourire sincère.

Simone sortit dans la cour avec le fusil de son mari défunt.

« Alors, on veut m'accuser d'empoisonnement ! » tout en chargeant le fusil.

« Maman pose cette arme ! »

« Non ! Tant que je ne serai pas innocentée ! »

« Simone lâche ce fusil, tu vas blesser quelqu'un nom d'un chien ! » lui rétorqua Archibald.

« Simone vous allez trop loin ! Port d'arme illégal, mais vous cherchez les emmerdes ! » dit Anne.

« Oh vous, si vous ne voulez pas que je vous fasse un deuxième trou du cul, je vous conseille de dégager de mes terres ! »

Archibald s'approcha de Simone pour lui prendre le fusil de chasse d'un pas décidé. Il lui enleva le fusil en lui disant :

« C'est pas pour les fillettes ça ! Tu vas te blesser ! »

« Merci Archibald » dit Emilien soulagé.

« De rien, de toute façon, il n'était pas chargé. » Archibald appuya sur la gâchette en direction des poules pour montrer que c'était le cas.

« BOOOMMMMMM !!! » Un nuage de plumes et de sang s'éleva dans les airs, accompagné d'un cri strident.

« Mes poules ! » cria Simone en s'approchant de son poulailler. « Germaine ! Il en reste plus rien ! C'était ma meilleure pondeuse ! Elle me faisait des œufs frais tous les jours ! Et regardez les autres, elles sont toutes mortes de peur ! »

« Ah merde, tu l'avais chargé ! Mais tu es folle Simone ! » rétorqua Archibald, pâle comme un linge. Archibald lâcha le fusil et recula de quelques pas, horrifié par ce qu'il venait de faire.

« Ce n'est pas vrai ! Ce n'est pas vrai ! Ce n'est pas possible ! » sanglota Simone. « Tu as tué ma Germaine, tu as tué ma Germaine ! »

« Ça suffit ! Vous êtes tous tarés ici ! » dit Anne en se dirigeant vers Archibald pour lui prendre le fusil. « C'est pas un jouet ! »

Sarah s'était mise à crier ainsi que Georgette qui avait eu très peur en entendant ce coup de feu.

« Au moins ça a réveillé la Georgette ! » dit Simone avec une pointe d'ironie dans sa voix.

« Calmons-nous tous, Anne allons voir Georgette, elle est réveillée. »

« Dis donc Archibald tu as tué une de mes poules ! » dit Simone.

« Simone, je ne crois pas que ce soit le plus important actuellement. »

« Pour moi si ! C'était ma meilleure pondeuse ! »

« Maman ça suffit entre dans cette maison ! »

Tout le monde se précipita dans la chambre de Georgette. Il passa dire à Sarah que tout allait bien, qu'il ne s'agissait que d'un malencontreux accident.

« Georgette, comment te sens-tu ? » lui demanda Émilien.

« Pas bien, je suis patraque et je ne pige pas ce qu'il m'arrive, qu'est-ce qui s'est passé, j'ai entendu un pétard ! »

« Rien, ne t'affole pas ! Et tu es dans cet état depuis combien de temps ? »

« Depuis que je suis arrivée. »

« Tu vois Émilien, le toubib et l'infirmière ont raison. Ta mère l'empoisonne » dit Anne.

Très embêté, Émilien demanda à Anne d'appeler le toubib et l'infirmière. Anne les contacta en leur demandant de venir au plus vite. Simone qui attendait dans le salon avec Archibald demanda à Émilien en sortant de la chambre de Georgette :

« Alors ? »

« Elle ne va pas fort maman. »

« Mais je ne lui ai rien fait Émilien, je te jure. »

« Je sais maman, j'ai demandé que le toubib et l'infirmière viennent, il doit y avoir une autre explication. » Le toubib arriva mais pas l'infirmière qui était occupé avec d'autres patients :

« Docteur, je suis Émilien, le chef de la police, vous dites que Georgette a été empoisonnée mais sur quelle base ? Et à votre avis à quoi ? »

« Elle a été empoisonnée avec des cachets. »

« Ah bah ce n'est pas moi alors ! Monstre, vous m'avez accusée à tort ! » dit Simone en regardant le médecin hargneuse.

« Maman ! Tais-toi ! »

« C'est votre mère ? J'espère qu'elle ne va pas échapper à cette tentative d'empoisonnement sous prétexte que vous êtes le chef de la police et son fils ! »

« Mais je vais vous botter le cul moi, si vous continuez à m'accuser charlatan ! » continua Simone.

« Maman arrête ou je te menotte moi-même, tais-toi ! »

« Mais personne n'a demandé comment Georgette prenait ces cachets et qui les lui donnait, bande d'incapables ! » cria Simone.

« Docteur, vous voudriez interroger avec nous Georgette ? » demanda Émilien.

Ils se dirigèrent tous dans la chambre. Simone et Archibald restèrent eux devant la porte.

« Georgette, je suis le médecin qui vous soigne. »

« Vous êtes un charlatan ! Je me sens mal depuis des jours ! »

« Ouaisssss ma Georgette ! Je lui ai dit la même chose, un guignol ! »

« Maman, la ferme bordel ! »

« Je ne suis pas un charlatan, je n'ai malheureusement pas pu vous parler Georgette depuis que vous êtes ici, vous dormiez tout le temps et votre prise de sang n'est pas bonne, vous avez été empoisonnée » lui expliqua le Médecin.

« C'est toi Simone ! J'aurais dû me douter que tu aurais voulu me zigouiller ! »

« Pauvre vieille bique défraîchie, je n'ai rien fait mais si tu continues, je vais t'étouffer oui ! Judas ! »

« Moi, judas ? Je t'ai déjà dit que tu te trompais ! Tu as eu les yeux pleins de bouse ce jour-là Simone ! Mais ce n'est pas une raison pour vouloir me tuer ! »

« Bon maman, sors et va dans le salon avec Archibald ou je te mets du scotch sur la bouche. Georgette, ma mère n'a pas voulu te tuer ! »

« D'accord j'arrête ! » dit Simone.

« Allez, les filles ne faites pas les mystérieuses, qu'est-ce qui cloche ? Ne vous inquiétez pas, on est entre amis, vous pouvez tout nous dire... » demanda Archibald en affichant un sourire narquois.

« Archibald, je ne crois pas que ce soit le moment aux plaisanteries ! » dit Emilien en le regardant avec des yeux sérieux. « Reprenons ! Georgette, est-ce que tu mangeais ? » demanda Emilien.

« Oui. »

« Ce matin qu'as-tu eu comme petit déjeuner ? »

« J'ai eu un café, je dirais plutôt un jus de chaussette car ta mère…. »

« Georgette, s'il te plaît, on se passera des détails ! »

Georgette continua : « un verre de jus d'orange et des biscuits. »

« Hier soir, ma mère t'a donné à manger ? »

« Oui, une soupe de légumes, un morceau de pain. »

« Elle t'a toujours nourrie ? »

« Oui, elle m'a donné de la soupe d'orties aussi. »

« Docteur vous pouvez déjà voir que ma mère la nourrissait, n'est-ce pas Anne ! » dit Emilien en la regardant fixement.

« Effectivement, mais comment avaliez-vous vos cachets et qui vous les donnait ? » demanda le docteur.

« Je les prenais seule avec un verre d'eau. »

« À aucun moment votre amie Simone, elle ne vous les a donnés ? »

« Non jamais. »

« Ah la preuve que je n'ai rien fait ! » dit Simone qui se mit à danser.

« C'est bon Simone, on s'est planté pas la peine d'en faire un fromage ! » lui dit Anne.

« Mais Georgette, vous preniez quoi comme cachets ? » continua le docteur.

« Ceux qui sont sur la table de nuit. »

Le toubib regarda les boîtes, elles étaient vides.

« Mais où sont vos cachets ? Les boîtes sont vides ! »

« Elles sont vides depuis ce matin docteur ! »

« Mais combien en avez-vous pris ? »

« Ce qui est écrit sur l'ordonnance, le toubib de l'hôpital aurait pu écrire mieux d'ailleurs. »

Le médecin regarda l'ordonnance et ne comprenait pas car tous les dosages étaient très bien.

« Dites-moi, ce que vous lisez sur cette ordonnance ? »

« Ici, 10 mg matin et soir, là 15 mg matin et soir et ici 80 mg matin, midi et soir. »

« Ce n'est pas 80 mg Georgette, c'est 20 mg, vous avez confondu un 2 avec un 8. »

« Le toubib a écrit comme un cochon aussi ! C'est du charabia ! » rétorqua Georgette avec une pointe d'irritation dans sa voix. Elle avait toujours eu du mal à déchiffrer l'écriture des médecins.

« Attendez que je comprenne là, cette tête de nœud s'est empoisonnée toute seule ? » dit Simone avec un sourire moqueur.

« Apparemment » confirma le médecin avec un haussement d'épaules.

« Ahahahahahahah, mais quelle nouille celle-là ! » ricana Simone, incapable de contenir son hilarité. Son rire résonna dans toute la pièce, apportant une légèreté bienvenue dans l'atmosphère tendue.

« Dis donc Simone, je ne te permets pas ! » rétorqua Georgette.

« Mais quelle quiche, ma vieille ! Mais quelle andouille ! » se moqua Simone, pliée en deux faisant oublié un instant la gravité de la situation.

« Eh oh, Simone, tu te calmes ! » répliqua Georgette.

« Bon allez du balai ! Décampez de chez moi ! » ajouta Simone ravie.

Elle avait hâte de retrouver un peu de tranquillité après toute cette agitation.

Ils sortirent tous de la pièce, le docteur recommanda d'engager une aide-soignante pour le matin, le midi et le soir afin de s'occuper de Georgette, de lui administrer ses médicaments et de l'aider à se laver. Il demanda à Emilien :

« Vous êtes sûr qu'elles sont amies ? »

« Bien sûr Docteur, elles se chamaillent tout le temps, c'est leur façon à elles de montrer qu'elles s'aiment. »

Il prit congé en s'excusant auprès de Simone qui alla rejoindre Sarah.

« Comment allez-vous ? » demanda Simone à Sarah.

« Mieux, Simone, et c'est grâce à vous. »

« Qu'allez-vous faire à présent ? »

« Je vais rentrer à Poitiers, ma famille y vit et merci d'avoir retrouvé celui qui a fait du mal à Michel. »

« Maman, Anne et moi on y va. »

« Je vous accompagne, les enfants. »

Emilien fit signe à Anna de s'excuser auprès de sa mère.

« Simone, je vous demande pardon pour vous avoir accusée à tort. »

« Je vous pardonne, mais vous avez du foin dans les oreilles Anne ! Euh……vous n'écoutez pas ! Il faut réfléchir avant d'accuser les gens. »

« Je m'en souviendrai, Simone. »

Simone resta avec Archibald, le silence confortable entre eux témoignant de leur longue amitié.

« Dis-moi, tu penseras à me racheter une autre poule et une bonne pondeuse ? » demanda Simone en jetant un dernier regard vers son poulailler.

« Ne t'inquiète pas, je m'en occupe dès demain » promit Archibald avec un sourire rassurant.

Une semaine plus tard, Georgette et Sarah quittèrent la maison de Simone pour retourner chez elles. Elles emportèrent avec elles les souvenirs de ces jours tumultueux, mais aussi la gratitude pour l'amitié et la solidarité qu'elles avaient trouvées dans cette maison.

FIN

Définition Patois

1 : Bonjhourte : Bonjour
2 : Va tout beun à neu : Comment vas-tu
3 : Ortrihes : orties
4 : Aneut : aujourd'hui
5 : Guedé : rassasié
6 : Gavagner : gaspiller
7 : Patrouille : faire la vaisselle
8 : Le gosier comme une gouelle : Manger comme une goinfre
9 : O la boune mine : avoir bonne mine
10: Queurver de faim : mourir de faim

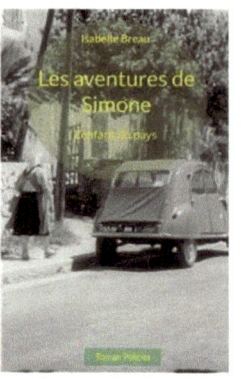

A Saint-Ciers-sur-Bonnieure, un village de Charente où vit Simone, une retraitée avec ses traditions et son patois charentais, va se retrouver à mêler le vrai du faux de cette enquête criminelle. Simone est un personnage plein d'humour connue dans son village pour son caractère bien trempé et ses indiscrétions mais surtout pour son ...

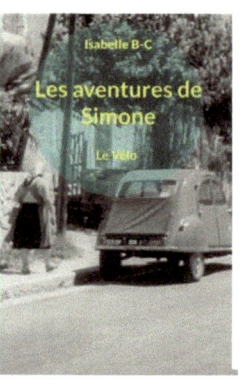

Emilien, le fils de Simone est le chef de la police et son adjoint est tué. Simone qui est un personnage plein d'humour, connue dans son village pour son caractère bien trempé et ses indiscrétions va se servir de la lettre trouvée dans son vélo pour mettre son nez partout. Emilien devra faire avec Anne Carmaux, une criminologue

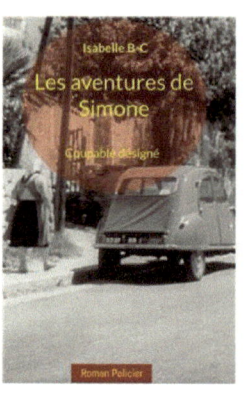

Les nerfs d'Emilien vont être mis à rudes épreuves. Entre Simone qui va se chamailler avec Georgette, Anne sa collègue parisienne installée à Angoulême avec qui les rapports ne sont pas encore stables et un crime dont le coupable est déjà désigné. Emilien mettra un point d'honneur à innocenter cet accusé avec l'aide de maître ...

Simone va passer un long et dur week-end. Elle se faisait une joie de pouvoir retrouver sa cousine Edith devenue mère supérieure dans une école catholique mais un drame va se produire. Elle va mettre un point d'honneur à démontrer qu'une des sœurs ne s'est pas suicidée. Elle devra également faire bonne figure lorsque Georgette va être hospitalisée……..